Aux Délices des anges

Création graphique : Laurence Ningre

L'édition originale de ce livre a été publiée pour la première fois en 2009,
en anglais, par Puffin Books (The Penguin Group, London, England),
sous le titre *Angel cake*.

Aux Délices des anges

Cathy Cassidy

Traduit de l'anglais par Anne Guitton

1

nos dernières affaires ont été empaquetées. Maman court dans l'appartement, un plumeau à la main, pour s'assurer que tout soit parfait avant l'arrivée des prochains locataires. Kazia, assise sur sa valise, serre contre elle le vieux lapin tricoté par grand-mère en retenant ses larmes.

Je la comprends. J'ai beau être excitée à l'idée de déménager, moi aussi, j'ai un peu peur. J'ai imaginé cet instant si souvent… maintenant que nous y sommes enfin, je tremble comme une feuille et j'ai une grosse boule au ventre.

Les choses se précipitent lorsque grand-père et grand-mère viennent nous chercher pour nous conduire à l'aéroport. Le plus dur, c'est le moment des adieux. Ils m'étreignent de toutes leurs forces, comme pour prendre l'empreinte de mon corps. Entre deux sanglots, ils nous recommandent d'être courageuses, de penser à notre avenir et de profiter au maximum de la nouvelle vie qui nous attend à Liverpool. Je leur promets :

– On vous écrira, on vous appellera, on vous enverra des e-mails… Et puis on vous rendra visite, et vous viendrez pour Noël.

– Bien sûr, répond grand-mère.

Je sais que c'est faux. Ils passeront les fêtes dans leur grand appartement avec oncle Zarek, tante Petra et les cousins, autour de la table dressée près du feu de cheminée. Comme tous les ans, ils prévoiront un couvert en plus, au cas où un étranger frapperait à la porte.

Le temps de franchir la douane, maman et Kazia sont en larmes, elles aussi. Je prends une grande inspiration pour retenir les miennes. C'est dur de quitter Cracovie et la Pologne pour se lancer vers l'inconnu. Dur de laisser sa famille, ses amis, sa maison…

Mais c'est ce dont je rêve depuis des années.

J'avais neuf ans quand papa est parti travailler en Grande-Bretagne. Maman nous a expliqué qu'il y gagnerait plus qu'avant et qu'un jour, bientôt peut-être, il viendrait nous chercher. Là-bas, la vie serait plus belle. Pourtant, avant qu'il s'en aille, nous n'étions pas malheureux.

Papa me manquait beaucoup. Assise à la fenêtre de ma chambre, je contemplais les toits. Les hirondelles qui nichaient dans les combles de notre immeuble s'élançaient vers le ciel bleu avant de redescendre en piqué. Je me demandais s'il y en avait en Angleterre. Est-ce que mon père les regardait virevolter lui aussi ?

À l'approche de l'hiver, je rêvais de m'envoler avec elles, vers un pays du sud où le soleil brillerait toute l'année. Et où notre famille serait enfin réunie.

À Cracovie, les hivers sont rudes. Une épaisse couche de neige recouvre le sol pendant des mois. Les toits sont saupoudrés d'un nappage blanc, et il faut porter deux paires de chaussettes pour ne pas avoir les orteils gelés.

– Est-ce qu'il neige en Angleterre ? a demandé Kazia à papa lorsqu'il est revenu pour Noël.

– Parfois. Mais il ne fait pas aussi froid qu'ici !

– Tu peux nous y emmener ? ai-je enchaîné.

– Un jour, Anya ! Dans ce pays, tout est possible ; le travail y est récompensé à sa juste valeur. Les rues sont pavées d'or. Enfin, pas au sens propre, bien sûr !

Je n'étais pas sûre de comprendre. Je me représentais un endroit magnifique, où les gens souriaient constamment car ils pouvaient avoir tout ce qu'ils voulaient.

– Un bel avenir nous attend peut-être là-bas, a murmuré mon père, le regard rêveur.

– Est-ce qu'il y a des hirondelles ?

Il a éclaté de rire.

– Oui! Les mêmes qu'ici. L'Angleterre n'est pas si différente de la Pologne, tu sais.

Pourtant, j'avais l'impression qu'il me parlait d'un autre monde.

Il aura fallu trois ans à papa pour s'installer. Trois ans de cartes postales, de lettres et d'appels longue distance. Quelquefois, pour notre plus grand plaisir, il joignait à ses envois des petites figurines d'animaux qu'il sculptait et peignait lors de ses longues soirées solitaires.

Il acceptait tous les postes qui se présentaient : cueillette de fruits, chantiers de construction ou veille de nuit dans une usine de cornichons. Je ne voyais pas vraiment en quoi c'était mieux que son ancien travail – à Cracovie, il était responsable d'une équipe de menuisiers-charpentiers pour le compte d'une grosse société –, mais je n'ai pas posé de questions.

Et puis un jour, à Liverpool, il a rencontré Yuri, un Ukrainien qui tenait une agence de placement pour les travailleurs émigrés. Mon père s'y est présenté, et au lieu de l'inscrire sur ses listes, Yuri lui a proposé de devenir son associé.

– Il pense que mon expérience de manager pourrait lui être utile, nous a expliqué papa au téléphone. Ainsi que ma connaissance des langues étrangères. Grâce à moi et aux clients polonais que je lui apporterai, il espère devenir le meilleur spécialiste de la région dans son domaine.

– Merveilleux, a commenté maman.

Pourtant, je voyais bien qu'elle était inquiète. L'Angleterre était le rêve de mon père, pas le sien.

– C'est l'occasion rêvée, a-t-il insisté. Cette agence va nous rendre riches. Notre nouvelle vie va commencer!

Il avait repéré une maisonnette avec jardin, dans un quartier agréable. Je m'imaginais déjà un joli cottage aux murs blancs, à la porte rouge et à la façade couverte de rosiers grimpants, comme dans les livres que mon père m'envoyait pour que je progresse en anglais.

Dans mon futur collège, les élèves porteraient des uniformes impeccables et joueraient au hockey ou au quidditch. J'aurais de nouvelles amies et peut-être même un petit copain.

Maman a démissionné de son travail à la boulangerie où elle préparait des gâteaux de mariage et d'anniversaire ainsi que la délicieuse tourte aux graines de pavot dont les gens raffolent pour Noël.

– Fini, les gâteaux, s'est lamentée ma sœur.

– Je continuerai à vous en faire! a promis maman. L'existence serait bien fade sans une petite douceur de temps en temps.

Après quoi nous avons fait nos cartons, et dit au revoir à notre famille et à nos amis.

Nous voilà maintenant à bord de l'avion, partagées entre la peur, l'excitation et l'émerveillement. C'est une première pour nous trois. Kazia, inquiète depuis que maman a bouclé sa ceinture, se cramponne à son lapin en tricot. Le moment est venu de laisser notre vie derrière nous pour en bâtir une nouvelle, dans une ville appelée Liverpool, où les rues sont pavées d'or.

Je me mords les lèvres. L'appareil s'élève à travers la grisaille jusqu'à atteindre une zone de ciel bleu. Les nuages forment un tapis de coton blanc sous nos pieds; le monde paraît neuf, étincelant. Le pays merveilleux dont je rêve depuis des années est enfin à ma portée.

L'Angleterre.

Je suis prête. J'ai travaillé très dur en cours d'anglais; au dernier contrôle, j'ai eu la meilleure note de la classe. Kazia, assise à côté de moi, glisse sa petite main dans la mienne.

– Je ne saurai pas quoi dire aux gens, chuchote-t-elle. Je ne me rappelle plus aucun mot. Alors que toi, tu es super forte en anglais!

– Toi aussi. On s'en sortira très bien!

– Ça ne sera pas évident, nous prévient maman. Il faudra s'habituer aux accents – surtout que d'après votre père, celui de Liverpool est très marqué. Mais on y arrivera.

Je lui souris et appuie mon front contre le hublot. Je pense aux hirondelles qui partent vers le sud, année après année, sans jamais savoir ce qui les attend. Je vais essayer de me montrer aussi courageuse qu'elles.

Mais nous ne pouvons pas flotter éternellement au-dessus des nuages de coton, et l'avion ne tarde pas à entamer sa descente en direction de l'aéroport John Lennon. Main dans la main, nous attendons l'atterrissage, les yeux écarquillés et le cœur battant. Lorsque nous descendons les marches et posons le pied sur le sol anglais, nous découvrons un monde gris et sombre où le vent fouette nos cheveux et où la pluie tombe à verse.

– On se croirait à Cracovie, plaisante maman.

Après avoir récupéré nos valises, franchi le contrôle des passeports et l'immigration, nous débouchons dans le hall où papa nous attend. Il nous fait de grands signes, un immense sourire aux lèvres.

– Mes filles ! hurle-t-il. Mes filles adorées !

Nous sautons dans ses bras.

2

La Grande-Bretagne ne ressemble en rien à ce que j'avais imaginé. Pas de ciel bleu ni de soleil, juste des nuages gris et une pluie incessante qui s'infiltre jusque dans les os. On est au mois d'octobre. Les hirondelles sont parties, ne laissant derrière elles que des pigeons et des mouettes criardes.

C'est fou comme les rêves s'effondrent vite.

Au lieu de la maisonnette évoquée par papa, nous emménageons dans un appartement minuscule situé au-dessus d'un restaurant de *fish and chips*. Le propriétaire s'appelle M. Yip. Le papier peint est à moitié décollé par l'humidité, et une odeur de friture rance règne dans les moindres recoins. Papa a réparé une fenêtre cassée et le placard de la cuisine, mais ça reste un taudis. À défaut de rosiers, nous devrons nous contenter des mauvaises herbes jaunies qui poussent entre les pavés jonchés de papiers gras de la rue.

Il s'avère que l'agence de papa ne fonctionne pas si bien que ça : elle lui prend tout son temps et il y a déjà englouti une partie de ses économies.

– C'est juste un problème de trésorerie, nous rassure-t-il. Je vous ai promis une vraie maison, et vous l'aurez, dès que les affaires iront mieux. Ce n'est que temporaire.

Quand maman visite l'appartement, elle est au bord des larmes.

– Ça va marcher, insiste papa. Faites-moi confiance. On a eu quelques soucis financiers, mais maintenant que j'ai investi un peu d'argent, on ne tardera pas à engranger des bénéfices. Je ne voulais pas que vous annuliez vos projets, et puis j'avais hâte de vous retrouver. On a été séparés pendant si longtemps…

Papa nous serre toutes les trois dans ses bras, et l'espace d'un instant nous oublions le triste décor qui nous entoure. Ce qui compte, après tout, c'est d'être ensemble. Et de vivre une aventure…

C'est ce que je me répète ce soir-là, blottie dans mon lit grinçant, tandis que la lumière du clair de lune inonde la chambre et que ma petite sœur sanglote dans son oreiller.

C'est aussi ce que je me répète le lendemain, quand nous traversons la ville pour aller assister à la messe polonaise. Maman, Kazia et moi regardons les vieilles maisons qui nous entourent et qui semblent avoir connu des jours plus glorieux. Un caleçon en lambeaux pendouille à un arbre, et le caniveau déborde de canettes de bière.

Même la cathédrale est affreuse. On dirait un cornet de glace renversé sur le trottoir, ou un vaisseau spatial échoué en pleine ville. On est à des millions d'années des élégants clochers de Cracovie.

Une fois à l'intérieur, c'est beaucoup mieux. La lumière filtre à travers les vitraux comme dans un kaléidoscope géant aux couleurs de l'arc-en-ciel. Pendant la messe, je ferme les yeux en priant pour qu'un miracle se produise, que ma famille se téléporte loin de cet appartement misérable et de cette pluie incessante. Je voudrais retrouver mon rêve, bien plus beau que la réalité.

Après l'office, papa nous présente à ses amis et collègues sur les marches de la cathédrale.

– Voici Tomasz et Stefan, qui travaillent avec moi. Et M. et Mme Novak, M. et Mme Zamoïsky...

– Enchanté... évidemment, ce n'est pas la meilleure période pour se lancer... les affaires marchent moins qu'autrefois, mais je suis certain que vous y arriverez ! Bienvenue, bienvenue !

Nous serrons des mains et sourions jusqu'à en avoir des crampes.

– Tu vas voir, c'est très différent de chez nous, me confie une fille. Moi, au début, j'ai détesté.

– Ne leur montre pas que tu as peur, me conseille une autre.

– Mais je n'ai pas peur !

Elles me regardent d'un air entendu. Après tout, elles savent de quoi elles parlent.

Le lendemain, j'enfile une chemise blanche et une jupe noire, puis une veste d'occasion à liseré rouge deux fois trop grande pour moi. Elle a appartenu au fils d'un des ouvriers de papa, qui est allé dans le collège où je suis inscrite. Il n'en a plus besoin car sa famille et lui sont rentrés à Varsovie.

Quand je vois le ciel gris et pluvieux, je les envie presque.

Maman nous accompagne à l'école, l'air déterminé. La cour du collège St Pierre et Paul est encore quasiment vide quand nous entrons dans le bureau de l'administration.

Nous mettons une éternité à remplir les formulaires. Maman n'arrête pas de me regarder pour que je lui traduise les consignes des secrétaires, mais leur anglais ne ressemble pas du tout à celui que j'ai étudié à Cracovie. Je n'y comprends rien et nous en sommes réduits à communiquer par signes.

Le directeur, M. Fisher, me serre la main et me souhaite la bienvenue dans son établissement d'une voix exagérément forte, en articulant chaque mot. Puis maman et Kazia m'abandonnent pour recommencer les mêmes démarches dans l'école primaire de ma sœur.

Quand je sors dans le couloir, je me retrouve face à une marée d'adolescents qui se poussent, se bousculent, crient et rient aux éclats. La secrétaire fend la foule pour me guider jusqu'en salle 21a. Puis elle repart vers son bureau. Aussitôt, les élèves se jettent sur moi tels des vautours sur un cadavre.

Ils me tâtent le bras, tirent sur la manche de ma veste, sans cesser de parler, de rire et de me poser des questions auxquelles je ne comprends rien. Quand le professeur arrive enfin, ils sont en train de me hurler dans les oreilles :

– CO-MMENT-TU-T'A-PPELLES ?
– D'OÙ-TU-VIENS ?

J'ouvre la bouche pour répondre, mais aucun mot n'en sort. Le professeur frappe sur son bureau pour réclamer le silence. Je me laisse tomber sur une chaise du premier rang, tremblante, les yeux pleins de larmes.

Puis je repense aux conseils des jeunes Polonaises rencontrées après la messe, et je tente de prendre un air assuré. À l'intercours, deux filles m'adoptent et me promènent dans les couloirs comme un petit chien.

– Voici Anya, répètent-elles. Elle vient de Pologne. Vas-y, dis quelque chose, Anya !

Dès que je tente de m'exprimer, tout le monde explose de rire. Quand la fin de la journée arrive, je suis épuisée. Je ne sais même pas si j'aurai la force de rentrer. Ce collège n'a rien à voir avec ceux des livres que papa m'envoyait. Rien du tout.

Je ne m'y sentirai jamais à ma place.

Quand je regagne notre petit logement au-dessus du *fish and chips*, Kazia danse dans le salon en chantant en anglais. Elle se précipite vers moi, un cahier à la main.

– Je me suis fait trois nouvelles copines! Jodie, Lauren et Amber. Ma maîtresse s'appelle Mme Green. Elle est très gentille! Et toi, c'était comment?

– Bien, je marmonne.

– C'est chouette, ici, continue Kazia. Les gens sont super sympas.

Je ne peux quand même pas être jalouse de ma petite sœur, si?

– Et devine quoi… intervient maman. J'ai trouvé du travail! Je vais pouvoir aider votre père, et avec un peu de chance nous pourrons bientôt emménager dans un endroit plus agréable.

– Génial. C'est quoi, ce travail?

Elle détourne le regard.

– Juste des heures de ménage. Mon anglais n'est pas assez bon pour que je prétende à autre chose. Mais je n'ai jamais rechigné à la tâche, et puis c'est un début.

Je me force à sourire.

– Dis, maman, qu'est-ce qui se passera si on n'arrive pas à s'intégrer ? Si on ne se plaît pas ici ? Si on se rend compte que malgré nos efforts, l'Angleterre n'est pas faite pour nous ?

Elle fronce les sourcils.

– On va s'intégrer, Anya. On ne s'attendait pas à un appartement comme celui-ci, et les premiers jours à l'école ne seront pas évidents. Mais on s'en doutait. Ici, nous avons une chance de nous bâtir une belle vie. Ton père s'est donné beaucoup de mal pour cela… on ne doit pas baisser les bras. On ne retournera pas en arrière.

J'encaisse le choc en songeant au soleil qui scintille sur la Vistule, aux hirondelles dans le ciel, aux toits blancs de neige et à ma meilleure amie, Nadia, assise à côté de ma chaise vide.

Mon cœur est aussi lourd qu'une pierre.

3

Deux semaines plus tard, j'en suis encore à prier pour un miracle. Mais il ne s'en produit jamais à St Pierre et Paul. Tout ce qu'on y trouve, ce sont des professeurs à la mine sombre, des élèves déchaînés et des cours incompréhensibles.

Ce n'est pas un collège, c'est un zoo peuplé d'animaux sauvages. Les premiers jours, ils m'ont dévisagée avec curiosité comme si j'étais une nouvelle attraction.

Moi qui pensais être bonne en anglais, j'avais tort. Au début, je ne comprenais rien. J'étais perdue dans cet ouragan de mots qui me donnaient mal à la tête.

Depuis, je me suis habituée à l'accent, mais c'est trop tard. Plus personne ne s'intéresse à moi. La plupart du temps, je reste seule dans mon coin. J'ai renoncé à essayer de communiquer, lassée que les professeurs soupirent ou que mes camarades haussent le ton quand je leur demande de répéter.

Dans ces cas-là, mieux vaut se taire. Les adultes oublient ma présence, et les élèves se comportent comme si j'étais non seulement muette, mais sourde. Parfois, je regrette que ce ne soit pas le cas.

– Ça doit être dur de s'installer dans un pays dont on ne parle pas la langue. Elle me fait de la peine...

– En même temps, elle pourrait faire un effort. Qu'est-ce qu'elle fiche ici si elle refuse d'apprendre? Comme dit mon père, il y en a marre de tous ces immigrés d'Europe de l'Est qui viennent nous voler notre boulot et nos maisons...

– Tu parles, la plupart vivent des allocations. Ils n'ont pas envie de se fatiguer...

– Elle a l'air terrifiée. On ne va pas la manger, non plus !

– Moi ça me tenterait, elle est plutôt appétissante... hé, viens t'asseoir près de moi, je vais te donner des cours d'anglais !

Je préférerais encore ne pas comprendre.

En EC, les élèves s'envoient des avions en papier dès que la prof a le dos tourné. EC signifie Éducation Civique. Au début, je ne voyais pas l'intérêt: on n'a pas besoin de cours pour être bien élevé. Mais après deux semaines à St Pierre et Paul, je commence à comprendre qu'ici, ce n'est pas du luxe.

Mme Matthews est une jeune femme souriante et sympathique ; à Cracovie, tout le monde l'adorerait. Pendant qu'elle parle de l'importance de garder son calme dans les moments difficiles, garçons et filles se font des grimaces, s'écrivent des petits mots, lisent des magazines sous leur table et discutent du dernier épisode de leur série préférée. Lily Caldwell se peint les ongles avec un vernis violet pailleté, assorti à son fard à paupières.

Mme Matthews note le sujet du jour au tableau : «La pire journée de ma vie». Elle nous demande de puiser dans nos expériences personnelles pour rédiger un texte aussi sincère que possible.

Je pourrais choisir n'importe quel jour des deux dernières semaines.

Jusqu'ici, je n'ai même pas essayé de participer en classe. Il y a une assistante pour les élèves en difficulté, mais comme elle ne parle pas polonais, elle ne me sert pas à grand-chose. Elle m'a donné des fiches avec des dessins d'animaux de la ferme, d'aliments et de vêtements. Il faut les relier à une liste de noms en anglais. Génial, non ?

Je passe la plupart de mon temps à rêver du ciel de Cracovie. À la fin de chaque cours, je note les exercices à faire, referme mon livre et n'y pense plus. Comment étudier la chimie ou l'histoire alors que je comprends à peine ce qu'on me dit ? À quoi bon mémoriser des mots espagnols alors que j'ai déjà du mal avec l'anglais? Je pensais m'en sortir un peu mieux en maths et en arts plastiques, mais je ne suis même pas certaine de bien interpréter les consignes.

Prendre la parole en EC serait de la folie. Mon vocabulaire est très limité et ma maîtrise de la grammaire quasi inexistante. Tout le monde se moquerait de moi. «La pire journée de ma vie»...

Sans m'en rendre compte, j'ai ouvert mon cahier d'exercices. Mon stylo se met à courir sur la page blanche. Les mots jaillissent tout seuls, évoquant ma première journée au collège, mes espoirs et mes rêves tombés en poussière dans les couloirs gris, les élèves qui m'encerclaient comme une meute de loups affamés prêts à se jeter sur moi...

Mme Matthews tambourine sur son bureau pour attirer notre attention. Je referme mon cahier.

– Merci, lance-t-elle. Y a-t-il un volontaire qui souhaiterait lire son travail à la classe?

Le silence est assourdissant. Pas étonnant: écrire ses pensées les plus sincères pour les lire à voix haute, et puis quoi encore? La plupart des ados de mon âge préféreraient sans doute se faire arracher une dent sans anesthésie.

– Allons, ne soyez pas timides. Qui veut commencer?

Lily Caldwell bâille à s'en décrocher la mâchoire.

Mme Matthews semble nerveuse.

– Francesca ? Kurt ? Chantelle ?

Aucune réaction.

Il y a peu de risques qu'elle m'interroge – les profs ne me posent jamais de questions. Quand ils me voient écrire, ils supposent que je suis en train de remplir mes fiches de vocabulaire. Tant mieux. Je ne suis pas sûre que mes camarades apprécieraient d'être traités de loups affamés.

– Dan, peut-être ?

Dan est assis dans la même rangée que moi. C'est un grand métis aux yeux couleur chocolat, aux pommettes hautes et à la peau caramel. Il a plein de petites tresses noires qui lui retombent sur le front. La seule chose qui l'empêche d'être mignon, c'est son air renfrogné.

– Sûrement pas, répond-il.

Mme Matthews a l'air désespérée.

– Il faut bien que quelqu'un se lance, Dan. S'il te plaît… tu m'as paru très inspiré.

Dan soupire. Il prend son cahier, arrache les pages qu'il vient de remplir et les déchire en deux, puis encore en deux, et ainsi de suite jusqu'à obtenir un tas de confettis.

Le message est clair.

– Daniel ! gémit Mme Matthews. Tu ne peux pas… ce cahier t'a été fourni par l'établissement !

Dan hausse les épaules. Horrifiée, je vois Lily lui tendre un briquet. Dan l'allume et la pile de papier s'enflamme dans un nuage de fumée.

Puis il attrape son sac à dos et sort de la classe sans se retourner.

Aussitôt, c'est la panique : les filles poussent des cris aigus, les garçons ricanent, et tout le monde se réfugie le plus loin possible du feu. Mme Matthews est au bord des larmes. Elle attrape l'extincteur fixé au mur et vaporise un jet de mousse blanche sur la table de Dan.

Ma métaphore animale n'était pas tout à fait juste. On n'est pas dans un zoo, mais dans une prison en pleine émeute.

– C'est bon, il est éteint ! s'écrie notre professeur. Calmez-vous. Retournez à vos places !

C'est alors que l'alarme incendie se déclenche.

La pire journée de sa vie, Mme Matthews est sans doute en train de la vivre.

4

—**D**oucement! répète Mme Matthews. Pas besoin de prendre vos sacs…

Personne ne l'écoute. Ma classe s'éparpille dans le couloir et se dirige en courant vers les escaliers. Les autres portes s'ouvrent à la volée et je suis emportée par un flot d'élèves pressés de retrouver leur liberté.

Nous nous regroupons sous la pluie au milieu du terrain de sport, en rangs derrière nos professeurs respectifs. Mme Matthews consulte sa liste d'appel, l'air soucieux.

– Il manque deux personnes, soupire-t-elle. Dan Carney et Kurt Jones.

Pour ce qui est du premier, ça n'a rien d'étonnant. À sa place, moi aussi j'aurais filé sans demander mon reste.

L'absence de Kurt est plus inattendue. Ce grand garçon à lunettes qui porte des pantalons râpés trop larges pour lui est un bon élève.

– Je crois que je l'ai vu partir vers le bâtiment de sciences, déclare une fille un peu enrobée nommée Francesca McGee. Et s'il s'était fait piéger par les flammes ? S'il était en train d'étouffer dans l'épaisse fumée noire ?

– Arrête un peu, il n'y a quasiment pas eu de flammes, se moque Lily Caldwell. Le feu a été éteint tout de suite. Je parie que Dan a fait exprès de déclencher l'alarme pour rigoler.

– Est-ce que quelqu'un a vu Kurt ? insiste notre professeur.

Lily hausse les épaules.

– À tous les coups, il s'est enfermé dans les toilettes des filles pour pleurer…

– Ça suffit, Lily, la réprimande Mme Matthews. Je ne plaisante pas. Si tu n'as rien d'intéressant à dire, tais-toi.

Lily ricane.

– Tiens, voilà M. Fisher, lance-t-elle en tendant l'index vers le proviseur. Il doit vouloir une explication, madame. Le feu s'est déclenché pendant votre cours et en plus, vous avez perdu deux élèves !

Mme Matthews devient toute rouge. Pendant qu'elle se tourne vers le proviseur, la classe se sépare en petits groupes. Comme je n'ai personne avec qui discuter, je regarde dans le vague en serrant mon sac contre moi. C'est alors que j'aperçois Kurt. Il se faufile le long de la piste de course, caché derrière les rangées d'élèves.

Nos regards se croisent et il porte un doigt à ses lèvres. En même temps, il n'a pas à s'inquiéter : je ne prononce jamais un mot.

Arrivé à ma hauteur, il me demande :

– Ils n'ont pas remarqué mon absence, si ?

Je lui fais signe que si. Il s'illumine.

– Mais tu comprends ce que je dis ! Génial !

Puis son sourire s'efface.

– Et donc, euh… ils ont vu que j'étais parti ?

Je hoche la tête.

– Bah, ça ne fait rien. Tant qu'ils n'ont pas de preuve…

La voix de M. Fisher résonne au-dessus de la pelouse.

– Kurt Jones ! Venez ici tout de suite !

– Oups… Tu peux me garder ça un moment ?

Il sort quelque chose de sous son blouson et le fourre dans mon sac, avant de se diriger vers le proviseur et Mme Matthews.

– Où étais-tu, Kurt ? l'interpelle Lily. À la friperie, en train de t'acheter ce magnifique pantalon pattes d'éph en polyester ? Toujours aussi élégant…

Kurt ignore sa remarque. Au moment de suivre M. Fisher, il me jette un coup d'œil anxieux par-dessus son épaule. Je pose un doigt sur mes lèvres. Il me remercie d'un sourire.

Dès qu'ils sont hors de vue, j'ouvre mon sac pour voir ce qu'il y a dissimulé.

Entre mes livres, ma tenue de sport et ma trousse, je frôle une boule de poils toute chaude. Je sursaute, horrifiée.

Non, c'est impossible. J'ai dû rêver.

Quand je replonge la main dans mon sac, la chose détale sous mes doigts. Kurt a glissé un animal au milieu de mes affaires ! Je soulève le rabat, et un petit nez pointu surmonté de deux billes noires se lève vers moi.

Un rat.

Et le pire, c'est que Kurt a disparu je ne sais où ! Ça s'annonce mal.

Je n'aime pas les rats. Leurs dents jaunes, leurs moustaches frémissantes et leur longue queue rose et rugueuse me mettent mal à l'aise. Je repense à un conte que me lisait maman quand j'étais petite. Dans une ville infestée de rats arrive un jour un mystérieux joueur de flûte. Après avoir charmé les rongeurs pour les attirer dans les montagnes, il enlève les enfants du village de la même façon. Cette histoire m'a toujours fait froid dans le dos.

Mais le rat de mon sac ne ressemble pas aux rats d'égouts, il a l'air apprivoisé. Il est blanc avec des taches brun-roux et un regard intelligent. Je n'en reviens toujours pas qu'il soit là.

Le temps que les pompiers aient fini d'inspecter le moindre centimètre carré du bâtiment, il est midi passé. Nous retournons en classe pour récupérer nos affaires et rendre nos devoirs à Mme Matthews. La table de Dan Carney a été nettoyée, mais elle reste un peu noircie. Quand la sonnerie annonçant l'heure du déjeuner retentit, je me dirige vers la cantine sans avoir revu Kurt.

Le rat doit avoir faim parce qu'il a mangé une bonne partie de ma fiche de vocabulaire sur les aliments. Je choisis donc de la nourriture susceptible de lui plaire : salade, tomates et fromage.

Puis je m'installe en retrait avant de soulever le rabat de ma sacoche. Le rongeur jette un œil à l'extérieur et renifle autour de lui. Je lui tends un petit morceau de tomate, qu'il refuse d'un air offusqué. Au moment où je tente ma chance avec une feuille de laitue, Francesca McGee s'assied à côté de moi.

– C'est quoi ça ? lance-t-elle en contemplant mon assiette. La salade, c'est pour les lapins.

Pour les rats, en l'occurrence. Son plateau à elle est garni de pizza, de frites, d'une canette de Coca, d'une barre chocolatée et d'une énorme part de tarte aux pommes. Visiblement, elle n'est pas très légumes.

Je glisse la laitue dans mon sac et me dépêche de fermer les lanières. Ça m'étonnerait que les rats, même apprivoisés, soient autorisés dans les cantines scolaires.

– Tu ne parles pas beaucoup, commente Francesca en attaquant sa pizza. Tout le monde pense que tu es idiote, ou snob. Moi je parie que c'est juste de la timidité. Et que tu ne perds pas une miette de ce qui se passe. Pas vrai?

Que répondre à ça?

«Oui, et ce que je vois ne me plaît pas du tout»?

Elle pourrait mal le prendre.

– Tu n'as pas envie de te faire des amis?

Je la dévisage longuement. Elle est un peu bizarre avec ses cheveux teints en noir et crêpés vers l'arrière, son serre-tête rouge à pois blancs et son rouge à lèvres rose fluo. Ses mitaines en résille, ses collants en dentelle et ses grosses chaussures et sa minijupe à volants ne parviennent pas à détourner l'attention de ses kilos en trop.

Je ne suis pas sûre de vouloir d'une amie aussi excentrique. En même temps, je ne peux pas vraiment me permettre de jouer les difficiles. Mon seul autre ami potentiel est un rat qui ne m'appartient même pas.

J'adresse à Francesca un petit sourire crispé. Aussitôt, elle s'illumine.

Tu peux m'appeler Frankie, si tu veux.

Avant que j'aie osé répondre, Lily s'approche de notre table avec une grimace sarcastique.

– Alors, Francesca? Tu manques d'appétit aujourd'hui? Tu es au régime? Le pudding au caramel ne te tentait pas? Ou le flan, ou la glace? Tu es sûre que tu ne veux pas quelques nuggets en plus? Il ne faudrait pas que tu meures de faim, quand même…

Francesca ouvre la bouche pour protester, mais se retient au dernier moment. De grosses plaques rouges apparaissent sur ses joues. Elle baisse les yeux.

– Oh, ça va, ricane Lily. Tu as de quoi nourrir la moitié du collège sur ton plateau. Ça ne te ferait pas de mal de sauter un repas. Avec toute ta graisse, tu pourrais survivre pendant des mois.

Les mains sur les hanches, elle en rajoute une couche en déclarant que les filles grosses ne devraient pas porter de minijupes ni de collants en dentelle, et que voir Francesca se goinfrer de pizza lui a coupé l'appétit.

Parfois, j'ai vraiment du mal à me taire.

– Si je te fais ces remarques, c'est pour ton bien. Il faut que quelqu'un se dévoue, par amitié. J'essaie juste de t'aider, Francesca.

Je fixe Lily droit dans les yeux. Elle s'arrête net.

– Qu'est-ce que tu veux, Tanya, Anya, ou je ne sais plus quoi? Si tu as quelque chose à dire, je t'écoute!

Malheureusement, je n'ai ni le vocabulaire, ni l'assurance nécessaires pour lui tenir tête. Je sais que je vais m'emmêler dans les phrases, confondre les mots et me débattre avec mon accent. Pourtant, j'enrage en pensant à ce que je supporte depuis quinze jours. Et à Francesca, Kurt et tous ceux qui encaissent sans broncher les remarques méchantes de Lily et ses semblables.

Mais à défaut de mots, je possède une arme secrète. Je défais les lanières de mon sac et soulève le rabat.

– Oh, j'oubliais, c'est vrai que tu es muette, siffle Lily. Tu sais quoi, miss Pologne, tu n'as rien à faire ici… alors occupe-toi de tes affaires ou rentre dans ton…

Elle ne finit pas sa phrase, car le rat vient de sauter sur une de ses bottes à talon. Il regarde autour de lui, le museau frétillant.

Lily Caldwell n'a peut-être pas de cœur, mais elle a de bons yeux. Et des cordes vocales en état de marche.

– Hiiiiiiii! hurle-t-elle d'une voix suraiguë.

5

Lily, Francesca et moi sommes assises sur des chaises en plastique devant le bureau de M. Fisher. Nous allons avoir des ennuis. La petite dispute de ce midi s'est transformée en scène de panique ; certains ont grimpé sur les tables, d'autres couraient dans tous les sens pour essayer d'attraper le rat.

Les choses ont un peu dégénéré. Frites, beignets et portions de riz au lait se sont mis à voler. Une des dames de la cantine s'est évanouie, le nez dans la salade de fruits.

Après avoir ramené le calme, M. Fisher a voulu savoir qui était responsable.

Tous les yeux se sont tournés vers Lily, Francesca et moi. Pendant que le proviseur nous poussait vers la porte, j'ai aperçu Kurt assis sur le rebord d'une fenêtre. Un petit museau à moustaches a pointé hors de sa poche de blouson, reniflé, puis disparu.

– Je rêve ! fulmine Lily. Leur collège pourri est infesté de rats et ils osent dire que c'est notre faute !

– Je suis maaal, gémit Francesca. Ma mère va me tuer !

Je garde un silence digne, car je ne sais pas dire en anglais : « Cet endroit est un asile de fous peuplé de pyromanes lanceurs de frites, et si j'avais assez d'argent, j'achèterais tout de suite un billet d'avion pour retourner à Cracovie. »

Ce n'est pas plus mal. Ils me trouveraient sans doute un peu agressive.

Mais quand je parle d'asile de fous, je n'exagère pas. Car si nous sommes convoquées chez le proviseur, ce n'est pas à cause de notre dispute à la cantine ni de l'émeute qu'elle a provoquée. C'est encore plus dingue que ça : on nous accuse d'avoir volé un rat dans le labo de biologie.

– Hein ! s'exclame Lily quand M. Fisher nous expose la situation et menace d'appeler la police. Vous croyez vraiment que j'aurais pu toucher cette sale bête pleine de microbes ? Et puis quoi encore !

– Ce qui s'est passé est très grave, réplique M. Fisher. Le rat a été sorti de sa cage ce matin par un ou des individus non identifiés, qui ont sans doute profité de l'alerte incendie. Nous avons retrouvé un message sur le tableau blanc : « Libérez les rats ! »

– Et puis quoi encore? s'étrangle Lily. Pour qu'ils répandent partout des puces et la peste, et montrent leurs horribles dents jaunes, et...

– Donc vous ne militez pas pour la défense des animaux? insiste M. Fisher.

Lily pousse un soupir exaspéré, comme si le proviseur était un moustique qui la harcelait.

– La défense des animaux? répète Francesca. Que voulez-vous dire? Vous croyez que ce rat a été *libéré* du labo? Je ne comprends pas... il ne risquait rien là-bas, les vivisections ne sont plus autorisées. N'est-ce pas?

– Non, la rassure M. Fisher. Mais je crains que l'élève en question ne se soit cru investi d'une mission. En réalité, ce rongeur est l'animal de compagnie de M. Critchley.

– Berk, marmonne Lily.

– Tordu, ajoute Francesca.

– Savez-vous quoi que ce soit au sujet de ce vol?

– Non, monsieur, répondent les deux filles en chœur.

– Anya? Je sais que vous avez un peu de mal à vous intégrer ici, étant donné que vous venez d'un pays à la culture très différente. On m'a rapporté que Lily, Francesca et vous vous étiez disputées à l'heure du déjeuner. Et que comme par hasard, le rat était apparu à vos pieds à ce moment-là. Est-ce vous qui l'avez pris dans le laboratoire de biologie?

– Non, monsieur.

Par contre, je crois connaître le coupable.

Lily, Francesca et moi écopons d'une heure de colle.

Le proviseur a renoncé à son enquête sur la disparition du rat pour se concentrer sur l'incident de la cantine, mais il s'est heurté à un mur. Lily lui a juré que nous étions les meilleures amies du monde, Francesca a confirmé que tout allait bien, et je suis restée muette.

Il n'a pas cru à notre histoire. D'où la punition.

– Je ne peux pas vous aider si vous n'y mettez pas un peu du vôtre. Je sais qu'il s'est passé quelque chose. Et j'ai bien l'intention de découvrir la vérité !

– Bien, monsieur, a dit Francesca.

Nous voilà donc toutes les trois en train de recopier la phrase : «Je dois respecter les autres élèves.» C'est un peu injuste, car Lily est la seule à avoir manqué de respect à quelqu'un.

De l'autre côté de la pièce, Kurt est lui aussi occupé à rédiger des lignes.

– C'est parce qu'il a filé pendant l'alerte incendie, murmure Francesca. Heureusement que M. Fisher n'a pas deviné où il était allé…

C'est vrai qu'elle l'a vu courir vers le bâtiment de sciences. Kurt est penché sur sa table, un minuscule bout de queue rose dépassant de la poche de son blouson.

À seize heures, M. Fisher regarde sa montre.

– Bien, jeune homme. J'espère que vous avez compris la leçon ! Il est formellement interdit de disparaître pendant une alerte incendie, envie pressante ou pas. Nous vous avons cherché partout !

– Désolé, monsieur. Je ne recommencerai pas.

– Quant à vous, mesdemoiselles… je n'ai pas beaucoup apprécié votre petite scène de la cantine. À partir de maintenant, je vous aurai à l'œil.

– Ah oui ? minaude Lily en battant des cils, la poitrine en avant.

M. Fisher vire au rouge brique.

– Rentrez chez vous, lance-t-il d'un ton exaspéré. Tous les quatre.

Nous sortons sous la pluie. Kurt nous salue de la main avant de s'éloigner, son sac sur l'épaule et son pantalon trop large lui battant les chevilles. Lily se blottit sous un parapluie Hello Kitty le temps d'allumer une cigarette. Elle essaie de se donner l'air cool, mais elle tousse beaucoup trop pour être crédible.

Francesca m'emboîte le pas.

– Cette fille, je te jure… grogne-t-elle en évitant les flaques. C'est une vraie peste venimeuse.

– Oui, Lily n'est pas très gentille.

– Ah, je le savais! Tu comprends bien plus de choses qu'on ne le croit. Et tu sais aussi parler, quand tu veux! Alors… amies?

Elle tire sur son bonnet pour se protéger de la pluie.

– D'accord.

– Pfff, quelle journée! ajoute-t-elle en me prenant par le bras. Entre l'incendie, le kidnapping du rat, la bagarre et le proviseur…

– Le collège ici est très différent de chez moi.

– Ce n'est pas comme ça tous les jours. D'habitude, on s'amuse beaucoup moins!

Je fronce les sourcils. J'ai encore du mal à saisir l'humour anglais.

– Il pleut toujours, à Liverpool?

Frankie éclate de rire.

– Bien sûr que non! Mais c'est vrai que le temps est plutôt pourri depuis ton arrivée… Tu détestes ce pays, non?

– Non, je…

Les mots me manquent. Je m'essuie le visage avec ma manche, heureuse que la pluie dissimule mes larmes.

– Ça va s'arranger, me promet Frankie. Qui sait, tu pourrais même finir par te plaire ici. Les miracles, ça existe!

J'en doute, même s'il n'est jamais trop tard pour y croire. Et alors que nous tournons au coin de la rue, nous tombons nez à nez avec… un ange.

6

u, pour être plus précise, un garçon aux ailes couvertes de plumes, debout sous un grand parapluie blanc.

En y regardant de plus près, je me rends compte que ce n'est pas un ange. C'est Dan Carney. Enfin, je crois.

Difficile d'en être sûre puisqu'il n'est pas en train de brûler un cahier, ni de déclencher une alarme incendie, ni de faire la tête. Il tient un grand plateau de gâteaux aux glaçages pastel parsemés de vermicelles colorés, qu'il protège soigneusement de la pluie. Ses yeux bruns pétillent sous ses petites nattes, et il sourit. Mais dès qu'il nous aperçoit, il se rembrunit.

– Tu vois ce que je vois ? s'exclame Frankie.

– Oui.

– Pour une fois, il a presque l'air angélique !

Je mets un moment à comprendre. En polonais, «anglais» se dit *angielski*, ce qui ressemble beaucoup au mot employé par Frankie. Pourtant si Dan Carney est anglais, il n'a pas grand-chose d'angélique – à part les ailes, évidemment.

Il regarde autour de lui comme s'il voulait nous fuir. Malheureusement pour lui, à moins de piquer un sprint entre les voitures ou de se réfugier dans une boutique de lingerie, il est coincé. Alors il se cache de son mieux sous son parapluie.

– Il vend des gâteaux, souffle Frankie. Sans doute pour se faire un peu d'argent. Viens, allons jeter un coup d'œil !

Arrivée devant lui, elle soulève le bord du parapluie blanc. Nous nous retrouvons face à face avec le pyromane de la classe, si proches que je jurerais voir ses joues se teinter de rose. Et cette odeur de vanille, chaude et sucrée… ça doit venir des pâtisseries.

– Salut, Frankie ! lance Dan. Salut, Anya.

Il connaît mon nom ! Moi qui croyais être invisible… Ses yeux chocolat croisent les miens au-dessus du plateau, et je me sens fondre. Au même instant, un filet de pluie glacée coule du parapluie jusque dans mon cou. Je redescends sur terre.

– Eh bien, commente Frankie en tirant sur l'une des ailes de Dan. Je ne t'aurais jamais pris pour un ange !

– J'ai une double vie, soupire-t-il. D'ailleurs, merci de garder ça pour vous. Mais comment se fait-il que vous sortiez si tard ? Je pensais que tout le monde était rentré.

– On a été collées. Un crétin a mis le feu à sa table ce matin, et après ça la journée n'a fait qu'empirer. Il faudra que je te raconte à l'occasion.

– Pas la peine. Je suis au courant. Tu veux un cupcake?

Dan ne vend pas ses gâteaux, il les distribue gratuitement. Il nous explique qu'un nouveau salon de thé appelé « Au Paradis » vient d'ouvrir, et qu'il offre des bons cadeaux à certains clients privilégiés.

– Nous, des clientes privilégiées? se moque Frankie. Elle est où, l'arnaque?

– Il n'y en a pas. La patronne essaie simplement de fidéliser un certain type de clientèle. Pour encourager le bouche-à-oreille.

– Ah, parce que j'ai une tête à manger plein de pâtisseries, c'est ça? s'offusque Frankie. Merci!

Dan lève les yeux au ciel.

– Mais non! C'est juste que... écoute, le salon de thé appartient à ma mère. Il tombe des cordes, et on manque de clients. Allez, s'il te plaît, accepte! C'est gratuit!

– D'accord, cède Frankie en me tendant un cupcake. Il suffisait de le dire.

– Alors, vous en pensez quoi? Pas mal, hein?

Je hoche la tête en souriant. Le glaçage rose et sucré fond sur ma langue comme une bulle de bonheur.

– Délicieux! murmure Frankie entre deux bouchées. Il me semble que tu as parlé de bons cadeaux, non? J'en veux un!

Dan éclate de rire. Il nous remet des flyers pastel qui annoncent «Bienvenue AU PARADIS des gourmands». Derrière, il y a l'adresse et un coupon à échanger contre une pâtisserie.

– C'est juste à côté, sur Lark Lane, nous explique Dan. Anya, tu es trempée. Tu n'as pas de capuche? Tiens, prends mon parapluie. Je vais m'abriter sous l'auvent de cette boutique.

Les miracles existent peut-être, finalement.

Je lui souris timidement derrière ma frange dégoulinante pendant que Frankie s'exclame:

– Tu es vraiment un ange, en fait!

– Qui l'eût cru, hein?

Au Paradis, il fait bon. La salle est meublée de gros canapés clairs et de tables et chaises dépareillées. Un groupe de mamans entourées de poussettes se régale en riant, tandis que deux grand-mères papotent dans un coin.

Et puis il y a les gâteaux, exposés le long d'un immense comptoir vitré: mille-feuille au chocolat, génoise à la crème, tourte pomme-caramel, montagne de tartelettes aux fruits, et surtout une incroyable pièce montée à base de fraises, de chantilly et de meringue.

Frankie me pince le bras.

– Aïe ! je proteste.

– Je suis en train de rêver, non ? souffle-t-elle. Cet endroit ne peut pas être réel… Le pyromane du collège bavarde avec nous, nous donne son parapluie, et puis il nous offre des cupcakes et nous envoie ici !

– Non, tu ne rêves pas.

J'inspire à pleins poumons l'odeur chaude, sucrée, familière, de la pâte en train de lever dans le four.

Un garçon souriant d'environ neuf ans, lui aussi affublé d'ailes d'ange et d'un T-shirt *Au Paradis*, vient nous accueillir. Si j'en crois ses yeux chocolat et sa peau caramel, c'est sûrement le frère de Dan. Un peu plus loin, un autre enfant, plus jeune, apporte un plat de gâteaux aux deux mamies.

– Vous avez des coupons cadeaux ? nous demande notre petit serveur. Vous venez de la part de Dan ?

Lorsque nous répondons par l'affirmative, il nous conduit vers le fond de la salle.

– C'est un peu la folie aujourd'hui. On vient d'ouvrir, et les flyers ont bien fonctionné. Mais il nous reste quelques places, si ça ne vous dérange pas de partager votre table.

– Bien sûr que non.

– Ici, juste dans le coin.

Devinez qui se trouve à la table en question, en train de siroter un immense milk-shake à la fraise ? Kurt !

Devant lui trône un présentoir de plusieurs étages rempli de parts de génoise, de scones à la crème, de tartes et de meringues.

– Ça alors, lance Frankie en prenant place à côté de lui. Ne serait-ce pas là notre mystérieux voleur de rats ?

– Chut ! Ils sont très sympas ici, mais je ne crois pas que Cheesy soit le bienvenu. Les autorités sanitaires risqueraient de ne pas apprécier.

– Cheesy ? je répète.

– Je l'ai appelé comme ça parce qu'il adore le fromage. Pendant le cours de maths, il a dévoré le sandwich au gruyère et aux cornichons qui était dans mon sac.

– Ne le montre pas, surtout, conseille Frankie. Je ne voudrais pas qu'on nous mette à la porte avant que j'aie eu mon gâteau ! En tout cas, je n'aurais jamais imaginé voir Dan avec des ailes d'ange… Des cornes de diable et une queue fourchue auraient été plus adaptées. Ah là là, quelle journée !

– Attends un peu, ce n'est pas terminé, lance Kurt.

Je me retourne. Le plus jeune des deux serveurs s'approche de notre table avec un plateau, suivi par une nouvelle cliente.

– Il reste un siège ici, déclare-t-il.

Lily Caldwell s'assied en nous fusillant du regard.

7

— Je rêve, gémit Lily. Qu'est-ce que vous fichez là, bande de losers?

— Nous aussi, on est contents de te voir, rétorque Frankie.

— Dan a dit que les bons étaient réservés à des clients privilégiés. Ne me dites pas qu'il vous en a donné!

— Pourquoi, on ne les mérite pas? demande Kurt en prenant une part de génoise à la crème sur le présentoir. Pourtant on est intelligents, charmants et incroyablement beaux. Sans parler du fait qu'on arrive à te supporter.

— Ou pas, marmonne Frankie.

— Comme si j'avais envie de partager ma table avec des nuls dans votre genre... Je suis venue manger un morceau en attendant Dan. Il a promis de me rejoindre dès qu'il aurait fini sa distribution. J'espère que vous aurez décampé d'ici là!

Je baisse la tête. Dan Carney m'a prêté son parapluie, mais il ne m'a pas proposé de rendez-vous. Lily doit davantage être son type, avec son fard à paupières pailleté et ses remarques cinglantes. Je ne vois pas comment je pourrais l'intéresser.

Les filles silencieuses et trempées n'ont rien de très attirant.

— Dommage qu'ils n'utilisent pas de farine complète, commente Kurt. Le sucre, la crème et la farine raffinée ne sont pas très bons pour la santé. Ce qui manque par ici, c'est un vrai café bio. Vous n'imaginez pas tout ce qu'on peut préparer avec des graines, des noix ou des dattes.

— Tu racontes vraiment n'importe quoi ! le rabroue Lily en toisant ses cheveux plats, ses épaules maigres et son vieux pull élimé. Qui voudrait d'un gâteau bourré de fruits secs ?

C'est exactement ce que ma mère vendait à Cracovie, et tout le monde en raffolait. Mais ça ne servirait à rien de la contredire.

— Bonne pour la santé ou pas, conclut Frankie, cette génoise semble délicieuse ! Et puis, juste une part, ça ne va pas te tuer !

Lily glousse.

— Non mais écoutez-la ! Il y a au moins un million de calories là-dedans. Si tu continues, tu vas ressembler à une baleine. Oh mais, suis-je bête, c'est déjà le cas !

Je meurs d'envie de la gifler. L'expression de Frankie, «peste venimeuse», me revient en mémoire. Au moins, grâce à Lily, mon vocabulaire anglais s'enrichit.

Dommage que je n'aie pas de rat sous la main pour lui rabattre son caquet. Kurt vient à mon secours.

– Arrête, Lily.

– Quoi? Que j'arrête quoi? Je disais ça comme ça. En toute amitié.

Face au regard insistant de Kurt, elle finit par se taire et mord dans une meringue. Aussitôt, toute trace de méchanceté s'efface de son visage.

Je regarde autour de moi. Kurt soupire de plaisir, les yeux fermés. Il n'a plus l'air de regretter les fruits secs. Frankie hésite un peu, puis se jette sur une part de gâteau au chocolat. Aussitôt, elle prend une expression émerveillée.

– Bon sang, mais qu'est-ce qu'ils mettent là-dedans? Je n'ai jamais rien mangé d'aussi bon. C'est à tomber par terre!

Kurt renchérit:

– Pas étonnant que cet endroit s'appelle le Paradis.

– Je crois qu'on peut remercier Dan, reconnaît Lily. Et pas seulement pour les gâteaux. Son petit tour de magie de ce matin nous a fait manquer une demi-journée de cours.

Elle se tourne vers Frankie et moi.

– D'ailleurs, j'ai aussi échappé à ceux de cet après-midi. Grâce à vous deux et au crétin qui a volé cette saleté de rat.

– Comment ça ? s'étonne Kurt d'un air innocent.

– Tu n'en as pas entendu parler ? Quelqu'un a piqué le rat de M. Critchley pendant l'alerte incendie. Sans doute un défenseur des animaux ignorant que les dissections sont interdites.

– Faux, répond Kurt.

– Dans les collèges, si. Le proviseur nous a dit que c'était l'animal de compagnie du prof.

– Peut-être. Ou pas. Je ne le sens pas, ce type. Avant, il élevait plein de rats dans son labo et les faisait découper à ses élèves pour leur montrer des trucs inutiles – comme la longueur de leurs intestins.

– Berk ! s'écrie Frankie. C'était au Moyen Âge ?

– Ça ne remonte pas à si loin. Dans les années quatre-vingt-dix, mon père avait M. Critchley en biologie. Il s'est fait renvoyer trois fois pour avoir refusé de participer au cours de dissection.

Lily grimace.

– Laisse-moi deviner… je parie que ton père est un hippie ringard dans ton genre.

– Il est mort dans un accident de voiture quand j'avais trois ans. En même temps que ma mère.

Un frisson m'envahit et je laisse tomber ma cuillère. Lily est mortifiée.

– Je suis désolée ! souffle-t-elle. Je ne savais pas, Kurt, je te jure...

– Mon pauvre, compatit Frankie. C'est horrible !

– J'étais petit, je ne me rappelle quasiment pas d'eux. Mais je vis avec ma grand-mère, et elle me raconte toutes les bêtises de mon père. Quand elle m'a parlé des rats, j'ai halluciné. Je n'avais jamais aimé M. Critchley, alors apprendre qu'il avait exclu mon père pour ça...

– Quel sale type ! s'écrie Lily, prenant subitement le parti de Kurt. Je l'ai toujours trouvé flippant...

– Et il garde encore un rat dans sa classe, ajoute Frankie. C'est un malade !

– Tu as sans doute raison, Lily, mon père devait me ressembler, conclut Kurt. Lui non plus n'hésitait pas à agir pour défendre ses convictions...

Lily reste bouche bée.

– C'était toi ! Tu as volé le rat de M. Critchley !

– Je préfère le terme « libéré ».

– Mais comment... où...

– Ne t'inquiète pas, Lily. Il est en sécurité.

Heureusement qu'elle est assise de l'autre côté de la table, et ne voit pas le museau rose dépasser du sac.

– Attends un peu, reprend-elle. Où est-ce que...

Je retiens mon souffle. Si elle aperçoit le rat, elle risque de paniquer. Or, une scène du genre de celle de la cantine serait malvenue Au Paradis.

Par chance, les portes du salon de thé s'ouvrent au même instant. Dan fait son entrée, les cheveux plaqués sur le front et ses ailes dégoulinantes à la main.

– Dan! s'écrie Lily. Par ici!

Il traverse la salle bondée.

– Eh bien! lance-t-il. Je n'aurais jamais cru que ce serait si dur de distribuer des gâteaux!

– Tu n'avais qu'à les jeter dans la première poubelle venue, grommelle Lily.

Dan fronce les sourcils.

– Non, c'était important. Frankie, tu peux te pousser un peu?

Elle se décale sur la banquette, et Dan se laisse tomber à côté de moi avec un clin d'œil. Le sourire de Lily se fige tandis que mon cœur fait des bonds dans ma poitrine.

– J'en ai donné à une femme dont le parapluie s'était retourné, nous raconte Dan. Et à deux enfants qui portaient des bottes en caoutchouc. Et puis au type qui vend le journal des sans-abri au coin de la rue; lui, je lui en ai donné trois.

Il a posé ses ailes trempées contre la banquette. Il retire sa veste et révèle un T-shirt portant le nom du salon du thé. Ça tombe bien, car j'ai justement l'impression d'être au paradis.

Quand quelqu'un remarque enfin notre existence après une longue période d'invisibilité, on est forcément reconnaissant. J'essaie de me convaincre que c'est l'explication de mon trouble. Car je ne peux pas être en train de craquer pour un garçon qui déchire ses cahiers et met le feu aux tables.

Ce serait une très mauvaise idée.

8

J'avale ma dernière bouchée de génoise à la fraise avec un soupir de contentement.

– Hé, lance Lily en donnant un petit coup de coude à Frankie. Vous étiez pressés, non?

– On a dit ça?

– Oui, vous aviez un truc à faire, ou quelqu'un à voir, je ne sais plus.

– C'est vrai, il faut que j'y aille, admet Kurt. Ma grand-mère va se demander où je suis passé.

– Moi aussi, je renchéris.

Je suis à peine debout que Lily se rapproche de Dan avec un grand sourire. Mais à sa grande déception, il se lève à son tour. Il refuse de nous laisser sortir sans parapluie et insiste pour nous raccompagner.

– Mais tu viens d'arriver! proteste-t-elle.

– Peu importe. Ça ne me dérange pas.

– Bon… dans ce cas, je vais rentrer aussi.

Nous enfilons nos vestes humides.

– N'oublie pas tes ailes, Dan, le taquine Frankie.

Le salon de thé s'est vidé ; il ne reste plus que quelques clients, et les deux petits frères occupés à essuyer les tables. Une femme aux traits fatigués et à la peau de la même teinte caramel que celle de Dan est en train de passer le balai.

– Je ne serai pas long, leur promet-il. J'en ai pour cinq minutes. Après, je vous aiderai à ranger.

Avant de sortir, il ébouriffe les cheveux de son plus jeune frère.

Voilà comment je me retrouve à marcher sur Lark Lane sous une pluie battante avec Frankie, Lily, Kurt et un ange aux yeux bruns. Lily, qui a réussi à faire disparaître son parapluie, s'est réfugiée sous celui de Dan.

– Ça doit être dur, me dit-il, de repartir de zéro dans un pays qu'on ne connaît pas et dont on parle à peine la langue…

– Oui, c'est vrai !

– Tu peux compter sur nous, intervient Frankie. Les amis, ça sert à ça !

Kurt et Dan acquiescent en souriant. Lily semble agacée.

– Tu devrais t'exprimer un peu plus, me conseille Kurt. Apprendre à connaître les gens.

– Je ne trouve pas les mots, je réponds. Ils se mélangent dans ma tête. Personne ne me comprend.

– Mais si, on te comprend très bien ! m'assure Dan. Tu as un drôle d'accent, mais c'est plutôt mignon.

Si Dan trouve mon accent mignon, peut-être que je vais être plus bavarde !

– Enfin bref, nous coupe Lily. Il n'y a pas de quoi en faire tout un plat, Anya. Ça va bien se passer.

Pour la première fois depuis mon arrivée en Angleterre, je commence à le croire.

Nous déposons Frankie devant son immeuble au bout de la rue, puis Kurt près de la route principale, où se trouve le pavillon de sa grand-mère. Lily vit dans une belle maison victorienne avec un joli jardin, exactement le genre d'endroit où je rêvais de voir ma famille s'installer. Mais elle n'y est pour rien, alors j'essaie de ne pas lui en vouloir.

Debout devant le portillon bleu, elle décoche son plus beau sourire à Dan.

– Tu veux entrer te sécher un peu ? Mes parents ne seront pas là avant un moment, et je viens d'acheter le nouveau CD de Katy Perry...

Avant que Dan ait eu le temps de répondre, une lampe s'allume à l'intérieur et deux silhouettes se dessinent en ombres chinoises derrière la fenêtre.

Lily a l'air contrariée.

– Super... bon, ce sera pour une autre fois !

– À plus, Lily, lance Dan avant de se tourner vers moi. C'est par où ?

– De l'autre côté du parc. Au-dessus du *fish and chips*.

Nous ne sommes plus que tous les deux sous son parapluie. Le reste du monde s'efface tandis que nous pénétrons dans Princes Park et pataugeons sur la pelouse détrempée.

– Je suis dans de beaux draps, soupire Dan. Le collège va forcément écrire ou téléphoner à mes parents. D'habitude, je ne me comporte pas comme ça, tu sais. J'ai perdu la tête. Je n'avais pas l'intention de brûler tout le bâtiment, mais il était hors de question que je lise mon texte devant la classe.

Alors que nous contournons le petit lac, Dan s'arrête brusquement.

– Tu dois me prendre pour un gros nul.

Je secoue la tête. Beaucoup de mots me viennent pour décrire Dan, mais «nul» n'en fait pas partie.

Il passe la main dans ses tresses brunes et jure à voix basse.

– Pourquoi est-ce que je fais toujours tout de travers? Qu'est-ce qui cloche chez moi?

Il shoote dans un muret à moitié écroulé puis se laisse tomber dessus, la tête entre les mains. Je reste plantée un moment sous la pluie, jusqu'à ce qu'il me fasse signe de le rejoindre. La brique est froide et irrégulière, mais ça n'a pas d'importance. Cachés sous le parapluie, nous sommes à l'abri du reste du monde.

– Je me sens super mal, reprend Dan. Mme Matthews nous demande de raconter une expérience personnelle, et après, elle voudrait qu'on lise ça devant tout le monde ? Je ne tiens pas à ce que la classe entière soit au courant de ma vie privée. Alors j'ai déchiré mon texte, et quand Lily m'a tendu le briquet, je n'ai pas hésité. Je voulais me débarrasser de ce que j'avais écrit. Quand je suis en colère, j'ai tendance à agir sans réfléchir. Pas très malin, hein ?

C'est le moins qu'on puisse dire. Dan devait vraiment tenir à protéger son secret pour en arriver là.

– Je parie que Fisher va me renvoyer quelques jours. Maman va être dans tous ses états, papa va péter les plombs, et l'ambiance sera encore pire que d'habitude à la maison. Quel cauchemar... Je déteste ce fichu salon de thé. Et mon père. Et le collège...

Il pousse un gros soupir. Soudain, il n'a plus l'air furieux mais perdu, comme un petit garçon qui porterait le poids du monde sur ses épaules. Il me jette un regard en coin.

– Je ne sais pas pourquoi je te confie tout ça. Tu ne piges même pas la moitié de ce que je raconte, pas vrai ? Enfin, tant mieux. Une chose est sûre, je n'ai rien d'un ange.

J'aimerais lui dire que si, je le comprends très bien, mais je ne trouve pas les mots. Alors je me contente de sourire. Ses yeux bruns se mettent à pétiller et, sans que j'aie rien vu venir, il se penche et m'embrasse doucement.

C'est la première fois qu'on m'embrasse.

Dan sent le milk-shake et la vanille. Le parapluie lui échappe, et la pluie glacée se pose sur nous comme des confettis. Mais les lèvres de Dan sont chaudes et aussi sucrées que le glaçage de ses gâteaux. Au bout d'un moment, il s'écarte.

– Bon, souffle-t-il, je ferais bien de te ramener chez toi.

Chez moi ? J'avais oublié le reste du monde. Je n'ai pas envie de retourner à la réalité, mais Dan semble pressé. Il ramasse le parapluie et m'aide à me relever.

– Où est-ce que tu habites, déjà ? Au-dessus du *fish and chips*, c'est ça ?

Il me prend par la main et nous sortons de l'autre côté du parc. Les vitres du restaurant sont couvertes de buée. Une lourde odeur de friture s'échappe par la porte tandis que nous nous disons au revoir au milieu des papiers gras.

Dan fronce les sourcils.

– Il faut que tu saches une chose, Anya. Je ne suis pas très fréquentable.

– Pas fréquentable ?

– Désolé... à plus.

Blotti sous son grand parapluie blanc, il s'éloigne à travers le parking jonché de bouteilles cassées et de cornets de frites.

9

Ce soir-là, je commence à croire aux miracles. Rien n'a changé, et pourtant tout est différent... grâce à un garçon aux ailes d'ange.

Ma vie est toujours un désastre. Je partage toujours une chambre avec ma petite sœur dans un appartement misérable où flotte une odeur de frites et de poisson. Sauf que désormais, ça ne me paraît plus si grave.

Je mets très longtemps à m'endormir. Dehors, j'entends les clients du restaurant rire, chanter, se battre. Lorsque je trouve enfin le sommeil, je rêve d'un grand garçon à la peau caramel qui m'embrasse sous la pluie.

Le lendemain, je pars au collège un peu moins anxieuse que d'habitude. Les battements de mon cœur s'accélèrent tandis que j'arpente les couloirs ; mais je ne croise Dan ni dans la cour, ni en classe, ni à la cantine. Il a disparu.

À midi, Frankie s'assied à côté de moi. Les meringues à la fraise du Paradis ont scellé notre amitié. C'est une solitaire, très différente de Nadia et des filles cool que je fréquentais à Cracovie. En même temps, je ne fais désormais plus partie des élèves populaires. Les jeunes fans de hockey aux joues roses que je m'étais imaginées n'existent que dans les livres de papa.

L'air de rien, je demande à ma nouvelle amie :

– Dan est parti ? Il a des problèmes ?

– De gros problèmes, oui, répond-elle en mordant dans un hot-dog. Il a été exclu. M. Fisher a pris cette histoire d'incendie très au sérieux.

– Exclu ?

– Ça veut dire renvoyé du collège, pour quelques jours. Mais ça m'étonnerait que ça suffise à le calmer.

La déception doit se lire sur mon visage, car Frankie éclate de rire.

– Attends une minute, Anya… vous étiez drôlement proches au salon de thé. Tu ne craquerais pas pour lui, par hasard ?

– Dan est gentil, je murmure.

– Gentil ? C'est la meilleure.

Je n'ose pas la regarder dans les yeux.

– Au parc, on a parlé. Et après…

– Il ne t'a pas embrassée, j'espère ?

Je ne réponds pas.

Frankie secoue la tête.

– Sérieux, Anya, ne joue pas à ça. Dan n'est vraiment pas le petit copain idéal. Ne te laisse pas avoir par ses ailes d'ange.

– D'accord.

Mais au fond de moi, je sais qu'il est déjà trop tard.

Le mercredi, une lettre arrive de Cracovie. Je reconnais l'écriture ronde de Nadia et m'empresse de décacheter l'enveloppe, ravie. Mais mon sourire ne tarde pas à s'effacer. Le monde dont elle me parle me semble à des milliers de kilomètres – ce qui est le cas.

Quand j'apprends qu'Agatta s'est installée à ma place, les larmes me montent aux yeux. Mais à quoi je m'attendais ? À ce que Nadia reste assise à côté d'une chaise vide, seule et désespérée, parce que j'ai décidé de déménager ?

Que penserait-elle de Dan Carney ? Et de Frankie, de Kurt ? Ça m'étonnerait qu'elle les apprécie beaucoup. Dommage, car maintenant, je n'ai plus qu'eux.

Cet après-midi-là, j'emmène Kazia au parc dans l'espoir d'y croiser Dan. Il n'y a personne, à l'exception de quelques mamans promenant leurs poussettes. Le lendemain, même chose. Le surlendemain, je meurs tellement d'envie de revoir ses yeux de chocolat fondu, ses tresses et ses pommettes bien dessinées que je décide de retourner au salon de thé.

Les questions se bousculent dans ma tête, et je ne peux pas les poser à Frankie. Qu'est-ce que ça signifie quand un garçon embrasse une fille? Est-ce qu'ils sortent ensemble? À Cracovie, ce serait le cas, mais peut-être que les règles sont différentes ici. Dan aurait déjà dû me donner des nouvelles, non? Il n'a pas mon numéro de téléphone, mais il aurait pu passer chez moi, ou trouver une autre solution.

Ma sœur et moi poussons la porte du salon de thé et nous installons dans un coin. Je reconnais la mère de Dan, ainsi que ses frères. Je partage un milk-shake et des cupcakes avec Kazia, rassemblant mon courage avant d'interroger un des petits serveurs.

– Dan est malade, me répond-il solennellement. Il a la grippe.

Drôle de coïncidence… pile au moment où il est exclu du collège? Mais ça explique peut-être pourquoi il ne m'a pas contactée.

Le lendemain, à la cantine, j'en parle à Frankie.

– Je parie qu'il fait semblant! s'exclame-t-elle. Ses parents ne doivent pas être au courant de son exclusion! Il n'a vraiment peur de rien!

Puis elle ajoute avec un regard en coin:

– Mais qu'est-ce que tu faisais au salon de thé, toi? Tu n'étais quand même pas allée là-bas pour le relancer? Anya, ça ne marche pas comme ça! Et puis tu avais promis de ne pas tomber amoureuse!

– De qui ? s'enquiert Kurt en nous rejoignant.

– De personne.

– De Dan, réplique Frankie.

J'aimerais que le sol s'ouvre sous mes pieds et m'engloutisse.

– Crois-moi, insiste Frankie. C'est vrai que l'autre jour il a été super sympa, avec ses gâteaux et son parapluie… j'ai été la première surprise. Mais la plupart du temps, c'est un garçon bizarre et plutôt dangereux. Enfin, un garçon, quoi.

– Euh, pardon ? s'offusque Kurt.

– Ma mère dit toujours qu'on ne peut pas faire confiance aux hommes. Ils mentent, trichent, vous brisent le cœur et disparaissent sans se retourner.

– Dan n'est pas comme ça, je proteste.

– Ils sont *tous* comme ça.

– D'où est-ce que ta mère tient cette idée ? demande Kurt.

– Mon père nous a abandonnées quand j'étais petite. On ne l'a jamais revu. Maman a dû m'élever seule.

– Moi, je ne ferais jamais un truc pareil, ce n'est pas mon genre, l'assure Kurt.

– C'est sûr. Tu es un intello hippie passionné par les rongeurs.

– J'ai toujours su que tu étais dingue de moi.

– Je n'y peux rien, plaisante Frankie. À propos de rongeurs, comment va Cheesy ? Il est bien installé ?

– Ça va.

Frankie jette un coup d'œil à Lily. Adossée à un radiateur un peu plus loin, elle est occupée à se remettre du fard à paupières – aujourd'hui, il est bleu.

– Lily n'en a pas parlé non plus, souffle-t-elle. C'est un miracle. Je m'attendais à ce qu'elle te fasse chanter.

– Elle n'est pas si méchante.

– Tu rigoles ? Tu n'entends pas ce qu'elle raconte sur toi ? Et sur moi ?

– Elle a arrêté.

– Oui, tu parles, depuis deux jours…

Effectivement, Lily s'est tenue à l'écart de Frankie, Kurt et moi depuis notre après-midi au Paradis. Fini les moqueries au sujet du poids de Frankie ou des vêtements de Kurt. Fini les «miss Pologne». Mais si sa langue acérée nous épargne, elle semble maintenant nous trouver aussi peu intéressants qu'un livre de maths ou un pot de peinture.

– En tout cas, annonce Kurt, j'ai presque terminé de construire la maison secrète du rat.

Sa grand-mère ayant la phobie de ces petites bêtes, il a décidé de garder Cheesy caché et entrepris de transformer son armoire en cage géante.

– Il me faut juste un peu de grillage, et ce sera bon.

– Mais qu'est-ce qui se passera si ta grand-mère ouvre la porte pour ranger un de tes affreux pantalons et tombe nez à nez avec Cheesy ?

– Ça n'arrivera pas. Dorénavant, j'ai promis de m'occuper de ma lessive et de mon repassage. Comme ça, je suis tranquille.

Frankie et moi échangeons un regard entendu avant d'exploser de rire.

– J'espère, je dis. Parce qu'un rat dans une armoire, bof!

Il y a encore une semaine, j'aurais tout donné pour quitter Liverpool et rentrer à Cracovie. Mais peut-être que j'avais tort…

Après tout, je n'avais encore jamais caché de rat dans mon sac, ni été collée ni mangé de gâteau recouvert de glaçage rose. Il y a une semaine, je n'aurais pas osé imaginer que je rirais et discuterais bientôt avec de nouveaux amis, aussi intellos ou bizarres soient-ils.

Les choses évoluent – la lettre de Nadia le prouve.

Et c'est si bon de rire. En tout cas, c'est un début.

10

e lundi matin, Dan est de retour. Il se pavane dans le couloir du collège avec une bande de copains en pantalons baggy et ceintures cloutées. Ils ont des motifs dessinés au rasoir sur leurs cheveux courts, des baskets et des sweats à capuche de marque. Ils lui tapent sur l'épaule, ébouriffent ses tresses, lui disent qu'il est cool, que personne avant lui n'avait osé mettre le feu à l'établissement.

Dan rigole.

Au milieu de tous ces garçons, bras dessus bras dessous avec Dan, il y a... Lily. Elle porte des bottines aux talons interminables, et une jupe à peine plus grande qu'un foulard. Ses cils sont tellement chargés de mascara qu'on dirait des pattes d'araignée.

Mon cœur tambourine dans ma poitrine ; mes joues me brûlent. J'ai attendu presque une semaine pour revoir Dan, et maintenant qu'il est là, collé contre la pire peste de la classe, je suis incapable de lui adresser la parole.

« Salut », c'est un peu bref.

Alors je reste plantée dans un coin, mon sac sous le bras. Lorsqu'il passe devant moi, nos regards se croisent et je retiens mon souffle. Mais il détourne la tête comme si je n'existais pas.

Je comprends maintenant pourquoi Frankie m'a conseillé de garder mes distances. Je suis tellement déçue que les larmes me montent aux yeux, m'empêchant presque de voir le sourire triomphant de Lily.

Frankie me prend par le coude.

– Allez, allez, murmure-t-elle. Je t'avais prévenue. On ne peut pas faire confiance aux garçons.

Elle me tend un mouchoir.

– Ça va mieux ? Tu n'y es pour rien, Anya. Les gens comme Dan et Lily ne traînent pas avec nous. Il peut arriver qu'on se croise de temps en temps à l'extérieur, mais entre ces murs, ils ont une réputation à défendre. Tu ne verras jamais Lily Caldwell me dire un mot gentil, ni Dan Carney remarquer notre présence. C'est comme ça.

– Mais… pourquoi ?

– Ici, c'est un peu la jungle : la loi du plus fort règne. Les lions occupent le sommet de la pyramide. Il leur suffit de rugir pour qu'on les écoute. Dan et Lily sont des lions, tu comprends ? Ensuite il y a les éléphants, les antilopes, les troupeaux de gnous, etc. Et ils ont peur des lions.

Une jungle, un zoo… on en revient toujours aux animaux.

– Nous on est quoi? je demande d'une voix tremblante. Toi, Kurt et moi?

– Des zèbres, des lémuriens ou des perroquets. Des bestioles sympas et intéressantes.

– Ah bon?

– Oui. Mais Lily et Dan ne s'en rendent pas compte. Pour eux, on est en bas de l'échelle. Avec les fourmis, les grenouilles et les lézards. Quoi qu'il arrive, les groupes ne se mélangent pas. Si tu t'approches trop des lions, ils te mangeront toute crue!

– Je sais que Lily ne m'aime pas. Mais je croyais que Dan était différent!

– Malheureusement, tu t'es fait des idées.

Elle a sans doute raison. Je me suis autorisée à croire aux miracles, alors que ça n'existe pas. Pour Dan, je ne suis qu'une fille qui ne connaît ni sa langue, ni ses règles, ni la loi de la jungle. Une fille sans importance, invisible, vite oubliée.

– Qu'est-ce que je dois faire, Frankie?

– Ignore-le. Fais comme s'il n'était pas là. OK?

Pendant le cours de maths, puis celui d'espagnol, je dessine dans la marge de mon cahier en ruminant des pensées sombres. J'ai déjà entendu parler de filles qui se faisaient plaquer après un seul rendez-vous. Moi, je n'ai tenu que le temps d'un baiser. Je dois détenir un nouveau record.

Suis-je donc si repoussante ? Ou trop triste, trop silencieuse, trop sérieuse pour un garçon comme Dan ? Est-ce que j'avais mauvaise haleine ? Je suis sûre que non. Peut-être que je n'embrasse pas bien ?

Heureusement, Dan n'est pas dans mon groupe durant ces deux heures. Mais plus le cours d'EC approche, plus j'angoisse.

– Ignore-le, me répète Frankie. Il n'en vaut pas la peine.

– Pas la peine de quoi ? intervient Kurt.

Frankie lui répond qu'il ne comprendrait pas. Nous nous asseyons à l'avant de la salle. Dan, Lily et leur bande arrivent en retard. À nouveau, je croise le regard de Dan ; cette fois, je jurerais voir quelque chose briller dans ses yeux sombres. Comme un message caché.

Ses amis et lui se vautrent sur leurs chaises au dernier rang pendant que Mme Matthews se racle la gorge et tente de paraître sûre d'elle. Pendant tout le cours, les plaisanteries fusent.

– Hé, Dan, tu as l'air de péter le feu, aujourd'hui !

– Hum, je brûle de te répondre, mais je n'ose pas !

Il y a un bruit de papier déchiré, puis Lily demande si quelqu'un a un briquet. Mme Matthews reste sur ses gardes jusqu'à ce que la sonnerie retentisse (elle doit être soulagée que ce ne soit pas l'alarme incendie). Au moins, cette fois, rien n'a été brûlé ni abîmé, à part ses nerfs.

Avant de sortir, Dan s'approche du bureau de notre professeur et y dépose un papier chiffonné.

– Je suis sous surveillance, madame. Il faut que vous signiez ça pour confirmer que je me suis bien comporté en cours.

– Parce que tu trouves que c'est le cas?

– Euh…

– Tu parles d'un ange, marmonne Frankie en rassemblant ses affaires. Il peut ranger ses ailes, elles ne vont plus lui servir à grand-chose.

Dan prend un air coupable.

– Je ferai plus d'efforts la prochaine fois, promis. Vous pouvez signer? S'il vous plaît?

Mme Matthews finit par céder. Alors que Frankie, Kurt et moi nous dirigeons vers la porte, elle m'interpelle.

– Anya? Je peux te dire un mot?

Je m'approche. Elle sort mon cahier d'exercices de la pile. Soudain, je me souviens du texte que j'ai écrit à propos de ma première journée dans ce collège, des élèves qui hurlaient et couraient comme des animaux sauvages, des professeurs qui s'époumonaient et des cours auxquels je ne comprenais rien. Oups.

– Je vais avoir des ennuis?

– Des ennuis? Non, pas du tout!

– Mon anglais n'est pas bon. Je me trompe de mots...

– Anya, ta rédaction est très belle. L'orthographe et la grammaire ne sont pas parfaites, mais on sent que tu es sincère. Et tu maîtrises bien mieux la langue que je ne le pensais. Tu es douée!

– Vraiment?

– Oui. Tu pourrais même participer un peu plus en cours. Et montrer de quoi tu es capable aux autres professeurs.

– Je vais essayer...

– Je me rends compte que ces dernières semaines n'ont pas été faciles pour toi. Je crois que personne ne s'en doutait. Mais tu vas finir par trouver ta place, Anya. Et si tu as besoin de parler, tu peux compter sur moi. D'accord?

J'acquiesce, un peu perdue.

– Merci, madame Matthews. Merci beaucoup!

Je sors dans le couloir la tête haute et le cœur plus léger. Dan est là, seul. Il passe la main dans ses tresses et s'avance vers moi, mais je me fais un plaisir de l'ignorer pour rejoindre Frankie et Kurt qui m'attendent un peu plus loin.

11

Quand je rentre chez moi ce soir-là, Dan est appuyé contre le lampadaire en face de mon appartement, un cornet de frites à la main.

– Salut, Anya.

Je repense à son rire de ce matin, à la façon dont il a regardé à travers moi comme si j'étais invisible. Sans répondre, je glisse ma clé dans la serrure d'une main tremblante et monte l'escalier en courant. Une fois dans ma chambre, je soulève un coin du rideau.

Il n'a pas bougé.

Après m'avoir ignorée toute la journée, il vient se planter devant chez moi et mange des frites en souriant.

Il y a vraiment des tas de choses que je ne comprends pas dans ce pays. Le plus compliqué, ce n'est pas la langue, mais les comportements bizarres.

Par exemple : comment Kurt peut-il être si drôle et intelligent, et porter des pantalons si minables ?

Pourquoi Frankie se plaint-elle sans cesse de son poids, tout en engloutissant des pizzas, des gâteaux et du Coca à chaque repas? Et pourquoi Dan m'a-t-il embrassée sous la pluie comme s'il tenait à moi, avant de changer d'avis et de me traiter comme une moins que rien?

Peut-être qu'à force de me concentrer sur les paroles des gens, je passe à côté des indices qui me permettraient de lire entre les lignes. J'ai rencontré un garçon aux ailes d'ange, et j'ai oublié qu'il était aussi du genre à déchirer ses cahiers et à y mettre le feu. Sinon, j'aurais su qu'il valait mieux ne pas l'approcher pour éviter de me brûler.

Maintenant, c'est encore pire : il m'espionne.

Maman et Kazia arrivent à leur tour.

– Il y a un garçon dehors, m'annonce ma petite sœur. Il dit que vous êtes amis.

– C'est faux.

Maman hausse un sourcil. Elle a l'air fatiguée. Faire le ménage dans un hôtel n'est pas le travail le plus agréable du monde, mais elle ne se plaint jamais. Elle se met à préparer de la soupe pour le dîner et à pétrir de la pâte à pain. La miche de seigle est en train de refroidir quand papa rentre du travail, à la nuit tombée.

– Anya, lance-t-il, un jeune garçon t'attend dehors. Qu'est-ce qui se passe?

– C'est juste un élève de ma classe. Ne t'inquiète pas.

Nous mangeons nos bols de soupe à la betterave en y trempant des morceaux de pain frais, dont le goût me rappelle la maison. Kazia regarde par la fenêtre.

– Il est toujours là. C'est ton petit copain ?

– Non ! J'aimerais bien qu'il s'en aille.

– Tu veux que je sorte lui parler ? me propose papa.

Je secoue la tête.

– C'est bon, je m'en occupe.

J'enfile mes chaussures et un gros pull, me donne un coup de peigne, puis descends à la porte d'entrée.

Dan est assis sur une marche du perron.

– Ce n'est pas trop tôt, lance-t-il. J'ai cru que tu ne viendrais jamais. J'ai mangé deux cornets de frites, une portion de sauce au curry et quatre beignets d'oignon frit, mais il commence à faire vraiment froid et je n'ai plus d'argent. Je crois que je vais avoir une indigestion.

Ses yeux pourraient faire fondre un iceberg.

– Qu'est-ce que tu fais là ? je demande.

– On est amis, non ? Et tu viens d'arriver à Liverpool… je me suis dit qu'une visite guidée s'imposait.

– Non, merci.

– Pourquoi pas ?

Il semble presque vexé.

– Je ne peux pas te faire confiance. Tu essaies de mettre le feu au collège, et une minute plus tard tu as des ailes d'ange et tu offres des gâteaux. Et après, plus rien !

– Je suis compliqué. Ça te pose un problème ?

Un peu, oui. Je tourne les talons, mais Dan me retient par le bras.

– Ne pars pas. Je suis désolé, d'accord ? Désolé de ne pas t'avoir donné de nouvelles. Désolé pour aujourd'hui. Ne m'en veux pas !

Je plonge mon regard dans le sien, et ma colère s'évapore.

– On peut discuter ? S'il te plaît, Anya.

Nous nous asseyons côte à côte sur les marches. De jeunes enfants passent en vélo dans la rue. Ils jouent à lâcher leur guidon, à déraper dans la lumière du lampadaire, puis ils disparaissent dans la nuit.

– Tu as raison, reconnaît Dan. Je… je n'aime pas beaucoup l'école. Et parfois, je pète les plombs.

– Pourquoi ?

– J'ai mes raisons. Un jour, je t'en parlerai. Mais je te jure qu'au fond, je ne suis pas méchant.

– Je le sais.

– Tu peux me faire confiance.

– Peut-être.

– Alors, tu me pardonnes ?

Il me sourit. Les dernières bribes de rancœur sont oubliées.

– Viens!

Il m'aide à me relever. Je vois bouger le rideau de ma chambre. Kazia nous observe.

– Prête pour ma visite guidée de Liverpool?

– Non, Dan! je proteste en riant. Pas ce soir. Il est tard, il fait nuit, et j'ai des devoirs à...

– Des devoirs?

On dirait qu'il n'a jamais entendu ce mot de sa vie.

– J'ai beaucoup de travail! Je dois progresser en anglais, rattraper mon retard dans les autres matières...

– Sérieux? Tu ne viens pas?

Je secoue la tête.

– Demain, alors? Je veux te montrer que cette ville peut être très amusante!

– Dan, je...

Je voudrais lui expliquer que ce n'est pas une bonne idée. Nous sommes trop différents pour être amis. Sans compter que je n'ai pas envie de souffrir, ce qui arrivera forcément si je continue à le voir. Le cœur lourd, j'essaie d'assembler les verbes et les adjectifs pour le lui annoncer. Mais quand j'ouvre la bouche, c'est autre chose qui sort:

– D'accord. Ça a l'air... sympa!

– Cool!

Ses yeux bruns pétillent.

– À plus, alors !

Frankie m'avait pourtant prévenue de ne jamais faire confiance à un garçon. J'aurais dû l'écouter.

Le lendemain, Dan n'est pas au collège. Je m'attends à le trouver devant chez moi en rentrant, mais il ne vient pas non plus.

Je fais mes maths, puis un peu de dessin. Toujours pas trace de Dan.

– Pourquoi tu n'arrêtes pas de regarder par la fenêtre ? me demande Kazia, curieuse. Tu attends le garçon bizarre ?

– Non. Occupe-toi de tes affaires !

Je n'ai plus de devoirs, mais je repense au conseil de Mme Matthews. Alors je sors mon cahier d'exercices et écris quelques phrases sur ma vie à Cracovie.

Papa rentre encore plus tard que d'habitude, et il est déjà vingt heures quand nous passons à table. Kazia et moi nous succédons ensuite dans la salle de bains, puis je prépare ma tenue pour le lendemain et vais me coucher. J'aimerais n'avoir jamais croisé la route de Dan Carney.

12

Je suis tirée de mon sommeil par une sonnerie bizarre, comme celle d'un téléphone portable devenu fou. Puis plus rien. Je soupire et remonte la couverture au-dessus de ma tête. Soudain, ça recommence : un *dring-dring* aigu, entêté, persistant.

Je m'assieds dans mon lit. Tout est calme, Kazia respire paisiblement à côté de moi. Ça devait venir de dehors. Le bruit était trop faible pour être celui d'une alarme de voiture. On aurait plutôt dit... une sonnette de vélo.

Je cours à la fenêtre et soulève le rideau. Là, sur le trottoir, Dan se tient dans la lumière jaune du lampadaire. Il porte ses ailes d'ange et a les mains sur le guidon d'une énorme bicyclette à panier. Il actionne à nouveau la sonnette et me sourit.

J'enfile mes chaussons en peluche rose, attrape un manteau et me faufile devant la porte de la chambre de mes parents, puis dans l'escalier qui grince. Quand je sors dans la rue, le froid me fait frissonner.

– Qu'est-ce que tu fais ? je murmure. C'est la nuit !

– Tu as eu l'air d'aimer mes ailes d'ange. Alors je les ai remises. Mais tu comprends, je ne voudrais pas qu'on me voie trop souvent avec. J'ai une réputation à tenir, moi. Au moins, à cette heure-ci, je ne risquais pas de croiser grand monde.

En voyant mon pyjama à pois et mes chaussons, il fronce les sourcils.

– Tu n'es pas prête ?

– Prête pour quoi ?

– Pour la visite guidée, enfin ! On était d'accord.

– Mais il est trop tard ! Tout le monde dort !

– Justement. On aura la ville rien que pour nous. Allez, viens !

– Je ne peux pas… que va penser ma famille ?

– Ils dorment. Et puis tu m'as promis. J'ai emprunté le vélo exprès. Allez !

Avant que je comprenne ce qui m'arrive, Dan me prend par la taille et me hisse sur la barre transversale.

– Non ! je proteste. Arrête, je ne peux pas !

Mais il ne m'écoute pas. Il s'élance sur la route en tanguant un peu. Je change de position, accrochée d'une main au guidon et de l'autre à son cou. Je ne suis jamais montée sur le cadre d'un vieux vélo.

On ne m'avait jamais kidnappée non plus. Il faut bien un début à tout.

À ma grande surprise, je m'aperçois que je souris.

– Alors, commence Dan en tournant dans la grande avenue bordée d'arbres qui conduit au centre-ville. Ça, c'est le Princes Boulevard. C'est là que les riches habitaient au siècle dernier. Maintenant, la plupart des hôtels particuliers ont été divisés en appartements. Imagine ce que ça devait donner à l'époque, avec les carrosses, les chevaux et les robes à crinoline ! Liverpool était une ville super chic.

Le vent soulève mes cheveux. Je contemple les grandes maisons décrépies, leurs baies vitrées et leurs jardins jonchés d'ordures, en essayant de me représenter à quoi pouvait ressembler la rue autrefois. Que penseraient les nobles qui vivaient là en voyant passer un garçon aux ailes d'ange et une fille en pyjama ?

– Attention, me prévient Dan, on va tourner.

Le vélo tremble un peu dans le virage. Je perds l'équilibre et me serre contre Dan. Soudain, un immense édifice sombre et imposant se dresse devant nous. Des projecteurs éclairent d'une lueur orangée ses arches et ses tourelles gothiques.

On dirait une des vieilles églises de Cracovie mais en plus carré, plus trapu.

– C'est la cathédrale anglicane, m'explique Dan. Flippant, hein ? Ils servent du thé et des scones pas mal à côté… enfin pas à cette heure-ci, bien sûr. Et ça ne vaudra jamais ceux de ma mère!

Nous roulons le long des rues désertes. Dan m'indique la cathédrale catholique que je connais déjà, l'université, l'école des beaux-arts, la synagogue. Puis nous revenons par le Princes Boulevard et entrons dans le parc. Dan sort une couverture du panier de son vélo et l'étend sur la pelouse humide de rosée, juste en face du lac. Il déballe quelques gâteaux enveloppés dans un torchon à carreaux.

– Petit déj? propose-t-il.

– Génial! Merci, Dan!

– Ce n'est qu'un début… un avant-goût, si tu préfères!

Il mord dans un cupcake en souriant.

– J'ai encore des tonnes de choses à te montrer. Liverpool, c'est cool. Vraiment!

Tout en dégustant la pâtisserie au glaçage fondant, je me demande si je peux le croire. Le ciel pâlit au-dessus de nos têtes et l'horizon prend des teintes d'aquarelle – rose, doré, orange. Les arbres, maigres et dénudés à la lumière du jour, dessinent des silhouettes élégantes dans le clair-obscur de l'aube.

Sans doute que même les endroits les plus banals deviennent remarquables quand on est bien accompagné et qu'on sait où regarder.

Malgré tout, je suis très fatiguée et un peu inquiète.

Si mes parents s'aperçoivent de ma disparation, ils vont paniquer.

– Il faut que je rentre…

Dan se lève, secoue la couverture et redresse son vélo.

Lorsque nous franchissons les grilles du parc, une petite armée de livreurs de lait est à l'œuvre dans la rue. Ils ont déjà déposé les bouteilles devant chez moi.

– Accroche-toi, me prévient Dan.

Je m'attends à une secousse, mais elle ne vient pas. Il s'arrête doucement devant ma porte.

– Pourquoi tu m'as dit de m'accrocher?

– Parce que j'aime bien quand tu me serres fort. Mais tu peux me lâcher, maintenant. Sauf si tu n'en as pas envie…

– Dan!

Il rajuste ses ailes puis s'éloigne en souriant pendant que je ramasse les bouteilles de lait. Soudain, la porte s'ouvre. Mon père part travailler.

– Anya! Déjà debout? Je ne t'avais pas entendue. Tu es descendue chercher le lait?

– Oui.

Je réprime un bâillement.

– C'est gentil. J'ai décidé de commencer tôt ce matin. J'ai pas mal de choses à régler. J'essaierai de ne pas rentrer trop tard.

Papa dépose un baiser sur le sommet de ma tête, et je rentre dans l'appartement au moment où l'aiguille de l'horloge atteint le chiffre sept.

13

L e seul problème quand on fait le mur pour
admirer le lever du soleil, c'est qu'ensuite on
est épuisé.

Je bâille pendant tout le cours d'espagnol et celui
de maths, et finis par m'endormir en histoire. Frankie
me pousse du coude alors que je suis en train de rêver
de pique-niques en pyjama avec un garçon mi-ange
mi-démon.

– Réveille-toi, murmure-t-elle. Fais au moins semblant d'écouter. Qu'est-ce qui t'arrive ?

– Désolée. Je me suis couchée tard. Dan est passé…
Elle ouvre de grands yeux.

– Anya ! Tu devrais faire attention. Je te l'ai déjà
dit…

– Francesca McGee ! s'écrie M. Goldman. Je vois
que tu écoutes avec attention. Peut-être aimerais-
tu rappeler à la classe les causes du grand incendie
de Londres ?

Frankie n'hésite pas une seconde.

– Heu, c'était Dan Carney, non, monsieur?

Éclat de rire général.

– Très amusant, grogne M. Goldman. D'ailleurs, en parlant de lui, où est-il? Notre cher pyromane sèche encore les cours?

Quelques-uns de ses copains du dernier rang inventent des excuses pour Dan. Il se serait cassé la jambe, aurait rendez-vous chez le dentiste, serait exclu définitivement pour avoir mis le feu à l'imperméable de M. Fisher. M. Goldman lève les yeux au ciel.

À mon avis, Dan dort profondément sous sa couette, les ailes d'ange suspendues à côté de son lit.

– Attention, Anya, me répète Frankie un peu plus tard à la cantine, tout en feuilletant un magazine de musique rempli de groupes jeunes, maigres et vêtus de noir. J'aime bien Dan, mais on devrait lui coller une mise en garde sur le front, comme sur les paquets de cigarette. Il est dangereux.

– Qu'est-ce qui est dangereux? demande Kurt.

– Les coups de cœur, les baisers, le grand amour... des trucs de fille. Tu ne peux pas comprendre.

– Qu'est-ce que tu en sais?

– Je le sais, c'est tout. Anya, tu entends ce que je te dis?

Le problème, c'est que Dan est la seule chose posi-
tive dans ma vie en ce moment, la seule qui rende
cet endroit supportable. Et il a aussi un côté doux,
triste, que Frankie ne connaît pas. Il a beau me rendre
malheureuse ou me mettre en colère, dès qu'il me
regarde, mon cœur bondit dans ma poitrine. Quant
à la nuit dernière…

– J'ai l'impression de parler dans le vide, soupire
Frankie.

– Ne t'en fais pas, Anya, intervient Kurt. L'amour
rend aveugle et parfois sourd. Vous voulez des chips
de banane?

Par politesse, je prends une rondelle brune dans le
sachet qu'il nous tend. Si ce truc a été une banane
dans une autre vie, ça n'y ressemble plus du tout.

Kurt nous propose toujours des aliments bizarres:
sandwich aux pousses de soja, quiche au tofu, morceaux de fruits secs non identifiés. Jusqu'ici, on n'a
jamais été convaincues.

– Berk! s'écrie Frankie. De la banane, ça? On dirait
plutôt une vieille semelle. Je préfère encore rester
grosse.

– Tu n'es pas grosse! la corrige Kurt. Tu es ronde.
Avec de jolies formes.

– Arrête un peu. Bien sûr que si, je suis grosse. Et ne
commence pas à te faire des idées, OK? Tu n'es franchement pas mon type. En plus de tes vieux pulls

informes et de tes affreux pantalons, tu fais des équa-tions pour le plaisir et tu manges des saletés dont même Cheesy ne voudrait pas…

– Comment ça, mes affreux pantalons ?

Kurt a l'air blessé.

– Ne me dis pas que ça t'étonne ! Tout le monde te charrie à cause de ça.

– Je n'ai pas envie de ressembler à tout le monde.

– Il y a une différence entre ressembler à tout le monde et être ridicule. Tu as déjà pensé au style gothique ?

– Euh, non.

– Emo ? Scene ? New Rave ? Punk, peut-être ?

Je ne sais même pas de quoi elle parle. J'ai l'impres-sion que Kurt non plus.

– Le punk, ce n'est pas trop mon truc, se défend-il.

Frankie pose son magazine.

– Quitte à transformer ton armoire en cage à rat, tu devrais en profiter pour revoir ta garde-robe.

Elle va se chercher une deuxième portion de gâteau à la crème. Kurt feuillette le magazine en fronçant les sourcils.

– Regarde-moi ces types avec leurs cheveux crêpés et leurs pantalons moulants. Tu crois que Frankie trouve ça joli ?

– On dirait, oui.

– Je lui plairais davantage si je ressemblais à… ça?

Il me montre un chanteur aux yeux entourés d'eye-liner et aux bras couverts de tatouages.

– Je ne comprendrai jamais rien aux filles.

– Frankie est un peu bizarre. Mais elle t'apprécie.

– Je n'en suis pas sûr. Il n'y a pas si longtemps, elle ne m'adressait même pas la parole.

Moi qui suis restée invisible pendant des semaines, je comprends tout à fait.

– On n'a rien en commun, soupire-t-il en triturant sa tarte aux lentilles. On est trop différents.

– La différence, c'est cool.

Je pense à Dan.

– Sauf que la mienne ne l'intéresse pas.

– Tu es intéressant. Montre-le à Frankie. Tu es intelligent, réfléchis: qu'est-ce qu'elle aime? Qu'est-ce qui lui ferait plaisir?

Frankie revient avec son dessert, le sourire aux lèvres.

Kurt s'illumine.

– Hé, Frankie! J'étais en train de parler à Anya du super salon de thé de l'autre jour. Je me demande s'ils ont du succès. Ça te dirait d'y passer un soir après les cours? Je vous offrirai une part de gâteau!

Frankie semble étonnée.

– Je croyais que tu étais plutôt branché lentilles et soupe miso?

– Oui, mais les pâtisseries du Paradis valent vraiment le détour.

– Bon, alors d'accord. Hein, Anya ?

Je suis ravie, mais cela n'a rien à voir avec Kurt et Frankie. Si ça se trouve, Dan sera là… et après la nuit que nous venons de passer, même Frankie verra qu'il est fait pour moi.

14

Un gros taxi jaune surmonté d'une tourelle tordue est garé devant le Paradis. Celui qui l'a customisé n'est pas très doué. Sur la portière, il a écrit en grosses lettres arc-en-ciel : « Visitez la ville dans le Yellow Submarine des Beatles ! »

– C'est quoi, ce truc ? lance Frankie. Il y a vraiment des cinglés par ici.

Le salon de thé est quasiment désert. Dan est en train d'essuyer les tables tandis que ses frères font leurs devoirs dans un coin. Il me sourit. J'en ai des frissons jusque dans les orteils.

– Salut, Anya ! Salut Frankie, salut Kurt.

– Tu n'as pas mis tes ailes aujourd'hui ? l'interroge Frankie. Peut-être parce que tu as encore séché les cours ?

– Chut !

Dan jette un coup d'œil par-dessus son épaule pour s'assurer que ses frères n'ont rien entendu.

– Ma mère avait besoin d'aide. Je lui ai raconté qu'il y avait une sortie scolaire dans un parc d'attractions pour qu'elle m'autorise à rester ici.

– Vilain garçon, le gronde Frankie. Pas étonnant que ton auréole ait disparu.

Après avoir choisi des boissons et des cupcakes, nous nous installons près de la fenêtre. Le seul autre client est un homme d'âge mûr un peu débraillé, qui mange un sandwich au fromage dans une boîte en plastique.

– Hé! murmure Frankie quand Dan nous apporte notre commande. Ce type n'a même pas acheté son repas ici!

– Oh, lui c'est Ringo. Il organise des visites guidées sur le thème des Beatles. Depuis quelque temps, il prend ses pauses chez nous.

– Je parie que cet horrible taxi lui appartient?

– Oui, c'est un sous-marin jaune comme dans la chanson «Yellow Submarine»! Aujourd'hui, il nous a amené un groupe de touristes américains qui a pris neuf gâteaux et quatre grands cafés au lait. Alors on peut bien fermer les yeux sur son sandwich.

– Je me demande comment vous arrivez à gagner de l'argent.

La clochette de la porte d'entrée retentit: les copains de Dan viennent d'arriver avec Lily. Quand elle nous aperçoit, cette dernière s'approche et écrase sa cigarette sur mon assiette en disant :

– Oups !

– Vous ne pouvez pas fumer ici, intervient l'un des petits frères de Dan.

Lily le toise jusqu'à ce qu'il retourne à ses devoirs.

– Tu viens, mon pote ? lance l'un des garçons à Dan, en jetant un regard dégoûté vers Ringo. Allez, il n'y a personne !

– Je travaille.

– Tu n'as qu'à filer en douce. On va en ville !

– Désolé, pas ce soir. Je vous avais prévenus que je n'étais pas dispo.

Lily rejette ses cheveux blonds en arrière.

– On est quand même passés, au cas où. Tu es sûr de ne pas vouloir nous accompagner ? On va bien se marrer !

– Non, merci.

Le visage de Lily se durcit. Nos regards se croisent, et je comprends soudain à quel point elle me déteste.

– Comme tu voudras.

La bande ressort en claquant la porte. Dan vide l'assiette contenant le mégot dans une poubelle. Au même instant, sa mère sort de la cuisine. Elle essuie ses mains pleines de farine sur son tablier.

– C'était quoi, ce bruit ? J'ai cru qu'on avait de nouveaux clients.

– Non, la porte a claqué à cause du vent, répond Dan. Désolé.

Ses petits frères échangent un regard étonné, mais Dan leur fait signe de se taire pendant que leur mère a le dos tourné.

– On s'est déjà vus, non? continue celle-ci en s'approchant de notre table. Le jour de l'ouverture, je crois. Je suis Karen Carney. Ça me fait plaisir de rencontrer les amis de mon fils!

Les vrais amis de Dan se trouvent de l'autre côté de la vitrine. Lily est en train d'allumer une nouvelle cigarette pendant que les garçons jouent au foot avec une boîte de conserve.

– Alors, c'était comment, cette sortie? nous demande Karen.

– Quelle sortie?

– Vous savez, le parc d'attractions! nous rappelle Dan.

– Ah, oui. Génial, dit Frankie. Dommage que Dan n'ait pas pu venir!

– C'est super que vous soyez si proches. Il paraît que votre collège n'est pas très bien fréquenté. L'autre jour, Ringo m'a raconté que quelqu'un avait essayé d'y mettre le feu! Ça devait être pendant que tu avais la grippe, Dan. Vous vous rendez compte?

– Oui, on en a entendu parler, confirme Kurt. C'est horrible!

– Comment peut-on faire une chose pareille? renchérit Frankie.

Dan vire au rouge brique et se fait tout petit. Je viens à son secours.

– C'est vrai, il y a des garçons mal élevés au collège. Mais pas Dan. Lui, c'est un ange.

Frankie s'étrangle avec sa meringue à la chantilly, mais Karen ne s'en aperçoit pas. Son visage fatigué s'illumine d'un sourire.

– Oui, j'ai de la chance avec mes fils. En tout cas, j'ai été enchantée de vous rencontrer! Revenez quand vous voulez!

Dès qu'elle a disparu dans la cuisine, Dan se laisse tomber sur une chaise, la tête entre les mains.

– La grippe? ricane Frankie. Le parc d'attractions? Les élèves qui mettent le feu au collège? Tout ça est très intéressant, dis donc!

– Elle ne sait pas que tu as été exclu, c'est ça? demande Kurt.

– Si je vous offre votre commande, vous voulez bien oublier ce que vous venez d'entendre? Ou encore mieux: gâteaux gratuits à vie! Ce sera notre pacte.

– Marché conclu! s'exclame Frankie.

Je repose mon cupcake sans le terminer. Frankie et Kurt se sont laissé acheter si facilement... j'ai un goût amer dans la bouche que même le glaçage ne parvient pas à masquer.

Dan m'avait prévenue qu'il était compliqué. Avec nous, il est adorable ; mais dès qu'on retourne au collège, il se transforme en rebelle.

Laquelle de ces deux versions correspond à la réalité ? Je n'en ai pas la moindre idée…

15

Deux jours plus tard, Kurt arrive vêtu d'un slim en velours et d'une ceinture cloutée. Frankie manque de s'évanouir.

– Anya ! souffle-t-elle en m'attrapant par le bras. Tu vois ce que je vois ?

– Un pantalon neuf ! C'est un miracle.

– Il est tellement... différent. Plus branché, plus cool.

Elle n'est visiblement pas la seule de cet avis. Plusieurs filles se retournent sur le passage de Kurt et chuchotent entre elles en gloussant.

Il pose son sac et pivote sur lui-même.

– Alors, qu'est-ce que vous en dites ?

– Tu peux me remercier, répond Frankie. Je devrais devenir styliste ! Contente de voir que mes conseils ont porté leurs fruits.

– C'est chouette, j'ajoute. Et tu as déjà des admiratrices !

Kurt jette un coup d'œil blasé derrière lui.

– Mouais.

Puis il nous demande avec une grimace inquiète :

– Vous croyez qu'elles sont en train de se moquer de moi ?

– Au contraire, elles sont sous le charme ! le rassure Frankie. Leurs petits cœurs battent la chamade. Elles te trouvent mignon, alors tais-toi et profite ! Par contre, c'est quoi ce pull miteux ?

Par-dessus son pantalon, Kurt a enfilé un vieux pull noir effectivement rongé par les mites. Une des manches est tout effilochée.

– C'est ma grand-mère qui l'a tricoté.

– Elle n'y voit plus très clair, si ?

– Il était à mon père.

Frankie ouvre la bouche, puis la referme. Même s'ils ressemblent à des sacs à patates, difficile de critiquer les vêtements d'un homme mort aussi jeune.

– Moi j'aime bien, je dis. Ça change.

– C'est sûr, reconnaît Frankie. Disons que ce côté décalé n'est pas inintéressant. Ça fait un peu rétro gothique. J'imagine que tu n'as jamais entendu parler de Robert Smith, du groupe The Cure ?

– C'était le chanteur préféré de mon père.

– Sérieux ? Il écoutait ce genre de musique ?

– Bah oui… après tout, il m'a bien appelé comme le leader de Nirvana. Kurt Cobain.

– Hein? Quoi? Mais… pourquoi tu ne me l'as pas expliqué plus tôt?

– Ça aurait changé quoi?

Tout, justement. Dans la tête de Frankie, Kurt est en train de passer de hippie végétarien défenseur des animaux à fan de gothique grunge végétarien et super cool.

La sonnerie retentit. Dan, Lily et leur bande nous dépassent. J'ai encore un peu de mal à me faire à la double personnalité de Dan.

– Hé, me lance-t-il en passant.

Même si ce n'est pas à proprement parler un salut, ses amis ont l'air surpris. Surtout Lily.

Moi, ça me redonne le sourire.

Frankie est dispensée de sport.

– C'est mauvais pour la santé, affirme-t-elle pendant que j'enfile un short immense et un T-shirt blanc étriqué. Courir, s'étirer, sauter dans tous les sens, ça secoue les organes. Sans parler des risques de blessure.

– Mais ça fait du bien, de courir.

– Faux. Ce n'est qu'une rumeur propagée par les profs d'EPS. La preuve: l'exercice physique rend rouge et essoufflé.

Sauf que ça permet aussi de rester mince et d'avoir de l'énergie. Mais ça ne servirait à rien d'insister: Frankie a un mot d'excuse de sa mère.

– C'est quoi, cette semaine ?

– Crampes d'estomac. Ou migraine, je ne sais plus.

Mme Barlow pousse un soupir résigné, et Frankie reste dans le vestiaire à feuilleter un magazine pendant que je rejoins les autres filles. Nous nous dirigeons en frissonnant vers le terrain de sport.

– Il fait trop froid, madame ! gémit Lily. On ne peut pas rester à l'intérieur pour une fois ?

– Pas aujourd'hui. J'ai prévu un circuit de cross, avec deux tours de piste et un passage dans les bois. Mettez-vous en binôme !

Les équipes se forment, et je reste sur la touche. Même si je ne suis plus invisible et que la plupart des élèves sont gentils avec moi, ils ont déjà leurs amis. Et la mienne est restée bien au chaud, les orteils sur le radiateur.

Lily se tient à l'écart du groupe, les bras croisés sur la poitrine et l'air buté. Elle non plus n'a trouvé personne. D'habitude, elle traîne surtout avec les garçons.

Mme Barlow nous ordonne :

– Anya, Lily, vous courrez ensemble. Veillez l'une sur l'autre ! Bon, tout le monde est prêt ?

Lily me regarde comme si j'étais un immonde ver de terre gluant.

– Suivez les marques blanches ! crie Mme Barlow. Attention, vous êtes chronométrés !

À son coup de sifflet, nous nous mettons à trottiner. Après les deux tours de piste, j'ai déjà mal aux jambes et le souffle court. Lily et moi suivons les autres filles en direction du bois qui borde le collège. Nous évitons les flaques, sautons par-dessus les fossés et les branches tombées. Mes baskets sont trempées et j'ai des brindilles plein les cheveux. Frankie avait peut-être raison…

– Ras le bol, grogne Lily en s'arrêtant net.

Elle jette un regard autour d'elle, puis disparaît sous les arbres.

– Lily! On fait équipe! Ne pars pas!

Je me fraye un chemin entre les buissons et la retrouve un peu plus loin, assise sur une souche. Elle vient d'allumer une cigarette.

– Lily… on va avoir des problèmes!

– Dégage, alors. Je m'en fiche.

– On fait équipe.

Elle éclate de rire.

– Toi et moi, on ne fera jamais équipe, OK? Ni aujourd'hui, ni plus tard. Je ne t'aime pas.

– Pourquoi? Qu'est-ce que j'ai fait?

– Arrête un peu ton cinéma, miss Parfaite. Tu te pointes ici avec tes airs de gamine perdue, ton accent adorable, tes grands yeux bleus et tes cheveux blonds, et tu bats des cils en jouant les timides. Mais tu n'es pas à ta place dans ce pays. Alors rentre chez toi!

Je me mords les lèvres si fort que j'ai un goût de sang dans la bouche. Mais je m'interdis de pleurer devant Lily.

– Je ne peux pas retourner à Cracovie.

– Et pourquoi ça?

– Mon père est devenu gérant d'une agence. Et là-bas, en Pologne, nous n'avons plus rien. Ni maison, ni travail, ni argent…

– Super. Vous êtes dans la misère, alors vous venez nous piquer nos boulots et nos maisons. Vous allez à l'école gratuitement, vous nous volez nos amis et vous draguez nos copains…

Je n'arriverai jamais à m'expliquer avec Lily. C'est une peste hautaine et méchante qui prend plaisir à martyriser les autres; quoi que je fasse, elle ne m'aimera jamais. Si seulement ça pouvait ne pas m'atteindre…

– Mon père n'a volé le travail de personne! Au contraire, il en donne aux gens. Et ma mère fait le boulot dont les autres ne veulent pas. On vit dans un appartement affreux et glacial. Je n'ai pas envie de rester, mais je n'ai pas le choix!

– Arrête, miss Pologne, tu vas me faire pleurer.

Elle souffle un rond de fumée parfait.

– Allez, va retrouver tes copains les losers.

J'ai envie de la gifler pour effacer ce sourire cruel de son visage, mais je ne vaudrais pas mieux qu'elle.

Alors je lui tourne le dos, repère les marques blanches et repars vers le collège en courant.

Mme Barlow n'apprécie pas beaucoup de me voir arriver seule.

– Vous deviez rester par deux ! Et les autres sont toutes revenues depuis longtemps. Où est Lily ?

Elle fume dans les bois, je songe. Mais je reste muette.

– Tu n'as pas saisi les consignes ou quoi ? s'énerve la prof.

En punition, je dois nettoyer le placard de la salle de gym. Dix minutes plus tard, alors que je suis encore en train de trier les balles de tennis, Lily se dirige tranquillement vers le vestiaire. Mme Barlow l'interpelle :

– Où étais-tu passée, bon sang ?

– Je la cherchais, répond-elle en me désignant du doigt. Elle a filé, et je ne voulais pas revenir sans elle…

– Ben voyons. Allez, va te changer.

Dès qu'elle a le dos tourné, Lily me jette un sourire triomphant.

– Au fait… commence-t-elle.

Une part de moi espère encore l'impossible.

– Oui ?

– Dan Carney, tu l'oublies, d'accord ? Vous ne jouez pas dans la même ligue.

– Je ne comprends pas… ça veut dire quoi ?

– Qu'il est à moi. Alors bas les pattes. Pigé ?

16

*L*e problème, c'est que Dan n'a pas l'air au courant qu'il appartient à Lily. Le dimanche matin, il sonne chez moi et raconte à mes parents qu'on prépare un exposé sur Liverpool ensemble.

Séduits par son sourire adorable, ils avalent son histoire sans poser de question. Ils ne se doutent pas une seconde que c'est un élève à problèmes et qu'il sort avec une autre fille. Ravis que je me fasse des amis, ils nous poussent pratiquement vers la porte.

Nous longeons le Princes Boulevard en silence.

– Tu es fâchée contre moi… J'ai fait quelque chose de mal ?

– Tu viens toujours sans prévenir !

– Mais je t'avais promis qu'on continuerait la visite ! J'avais besoin d'un peu de temps pour tout préparer. Je voulais te surprendre.

– Je n'aime pas les surprises. Parfois je te vois, parfois non. Parfois on est amis, parfois non…

– Je t'ai prévenue, je suis compliqué. Mes copains me prennent pour un héros, les profs sont persuadés que je vais finir en prison, et moi je dois jongler avec tout ça en évitant que ma mère ne l'apprenne. Elle a assez de soucis en ce moment...

J'aimerais pouvoir oublier Lily, ses yeux gris et froids, ses lèvres parfaites et sa cigarette, mais je n'y arrive pas.

– Et ta petite copine ? Qu'est-ce qu'elle en pense ?

Il s'arrête.

– Je n'ai pas de copine !

– Ah non ? Et Lily ?

– Lily ? C'est juste une pote.

– Ce n'est pas ce qu'elle dit.

– Arrête ! Je la connais depuis l'école primaire. Je l'aime bien, mais... elle fait partie de la bande, c'est tout ! Tu as dû mal comprendre.

Je sais que j'ai raison. Même si mon anglais n'est pas terrible, Lily a été très claire.

Dan se tourne vers moi et me prend les mains.

– Si je devais sortir avec une fille, Anya, crois-moi, ce ne serait pas Lily.

L'espace d'une seconde, j'oublie complètement ma rivale. Je n'ai pas rêvé : Dan tient à moi !

– Mais ce n'est pas si simple.

Mes espoirs s'écroulent.

– Je ne peux sortir avec personne pour l'instant. Ma vie est un vrai chaos et j'ai déjà du mal à m'occuper de moi. Mais je t'apprécie, Anya. Beaucoup. Quand les choses iront mieux, peut-être que...

– Mieux?

Dan pousse un gros soupir et s'assied sur un muret.

– Les derniers mois ont été un peu bizarres. Après avoir hérité de l'argent d'une vieille tante, ma mère a décidé d'acheter le salon de thé et l'appartement du dessus qu'elle a mis en location. Elle en rêvait depuis longtemps. Mais mon père n'est jamais à la maison, et quand il rentre, ils n'arrêtent pas de se disputer. C'est vraiment tendu entre eux. Je ne sais pas quoi faire. Tu te souviens quand j'ai brûlé mon devoir? C'est parce que j'y parlais des disputes. Mme Matthews n'aurait pas dû m'obliger à le lire.

– Non.

Dan me serre doucement la main.

– Tu vois? C'est compliqué.

Effectivement, le mot est faible. Je n'aimerais pas être à sa place.

– Alors... on reste amis?

– D'accord.

Ce n'est pas ce que je veux, mais c'est mieux que

rien. Mieux que la version de Lily, en tout cas. Maintenant, je sais à quoi m'en tenir.

Nous reprenons notre promenade le long des petites rues bordées de grandes maisons victoriennes, jusqu'à une immense arche aux motifs colorés. De l'autre côté, je découvre un quartier rempli de restaurants chinois et de boutiques qui vendent des chaussons en velours ou des lanternes de papier ornées de dragons. J'en reste bouche bée.

– La communauté chinoise est très importante à Liverpool, m'explique Dan. Ça remonte à très longtemps. Il y a aussi des Antillais, des Africains, des métis, des tonnes d'Irlandais et des gens venus des quatre coins de l'Europe. Ça fait un joyeux mélange ! C'est ça qui est chouette à Liverpool. Tout le monde s'y sent bien.

Pour l'instant, ce n'est pas encore mon cas. Mais cette idée me plaît.

– Ça prend un peu de temps, poursuit Dan comme s'il lisait dans mes pensées. Au début, c'est forcément dépaysant, mais tu vas t'y faire. Tu verras, cette ville est l'une des plus accueillantes au monde. Je l'adore !

Alors moi aussi.

Dan a tout prévu : nous prenons le ferry pour traverser la Mersey, puis nous revenons manger des sandwichs au fromage sur le quai Albert, face aux voiliers élégants. Plus tard, nous déambulons dans le musée d'Art moderne en admirant des illusions d'optique qui nous font loucher. Nous terminons par le musée des Beatles, ces quatre garçons aux coupes de cheveux improbables qui ont inventé la pop et écrit des chansons sur des sous-marins jaunes et une fille nommée Lucy.

Dan regarde sa montre.

– On rentre ? J'ai prévu un carrosse au cas où tu serais fatiguée. Après vous, mademoiselle !

Ringo nous attend devant la porte avec son taxi jaune.

– Alors, lance-t-il, prêts pour un tour des mystères de la ville ? Pour vous, c'est cadeau !

Quand le sous-marin nous dépose devant le *fish and chips*, il fait déjà nuit.

– Merci, Dan ! J'ai passé la meilleure journée de ma vie.

– Tout le plaisir était pour moi !

Il s'approche et, l'espace d'un instant, je me demande s'il a changé d'avis au sujet du « juste amis ». Mais il se contente de m'ébouriffer les cheveux avant de disparaître.

Je monte l'escalier, encore sur mon petit nuage.

À la seconde où j'ouvre la porte du salon, je comprends qu'il y a un problème. Maman, papa et Kazia sont assis autour de la table. Un silence pesant règne dans la pièce. Maman est toute pâle et semble avoir pleuré ; papa a les traits tirés ; Kazia les regarde d'un air effrayé.

Soudain, j'ai peur moi aussi.

Ils m'expliquent que Yuri, l'associé de papa, est reparti pour l'Ukraine en lui laissant un paquet de factures, de dettes et de réclamations sur les bras.

– C'est la crise, dit papa. Dans toute l'Europe, la belle époque est terminée. Ukrainiens, Polonais, Lettons… ils sont nombreux à baisser les bras et à retourner auprès de leur famille. Nous avons deux fois moins de candidats qu'avant. Certaines des sociétés qui faisaient appel à nous ont mis la clé sous la porte. On ne sait plus à qui se fier. J'essaie de tenir l'agence à flot avec mes dernières économies, mais ça va vraiment mal. Et maintenant, Yuri n'est même plus là pour m'aider.

– On va s'en sortir, me promet maman sans y croire. Je ferai des heures en plus à l'hôtel en attendant que la situation s'arrange.

– Et si elle ne s'arrange pas ?

– Eh bien…

Elle ne finit pas sa phrase. Papa enfouit sa tête entre ses mains.

– Si l'agence fait faillite, nous n'aurons pas le choix. Il faudra rentrer à Cracovie.

Mon cœur cesse de battre.

Il n'y a pas si longtemps, je n'aurais pas demandé mieux. Depuis, les choses ont changé. Liverpool n'est pas à la hauteur de mes rêves, mais ce n'est plus un cauchemar. Je commence enfin à voir la ville d'un autre œil, à maîtriser la langue, à m'habituer au collège. Et puis j'ai des amis. Des amis exceptionnels.

Je ne sais plus trop où se trouve mon «chez-moi», mais une chose est sûre, ce n'est pas à Cracovie.

17

Le Paradis est décoré pour Noël. Des guirlandes lumineuses sont accrochées autour des fenêtres, des piles de cadeaux en papier brillant trônent dans la vitrine et un menu de fête est collé sur la porte. Les nouveaux gâteaux portent des noms mystérieux tels que la Hotte du Père Noël, le Nez de Rudolf ou le Flocon de Neige.

– On pourra les goûter? me demande Kazia.

Désormais, maman travaille tard tous les soirs et je dois m'occuper de ma petite sœur après les cours. La plupart du temps, nous faisons nos devoirs blotties près du radiateur rouillé. Mais parfois, nous rejoignons Frankie et Kurt au salon de thé pour profiter des coupons que Dan nous a donnés.

Kazia adore cet endroit. Non seulement il y a des pâtisseries, mais la mère de Dan la traite comme une princesse. Ben est dans sa classe, et elle s'entend aussi à merveille avec Nate, l'autre frère de Dan.

Ils révisent ensemble, dessinent, lisent des bandes dessinées ou s'apprennent des gros mots en anglais et en polonais. Il leur arrive aussi d'enfiler un tablier pour jouer les serveurs. Les clients commandent toujours un gâteau en plus ou un thé original pour leur faire plaisir.

Aujourd'hui, Dan a mis un CD de chants de Noël. Il est debout derrière le comptoir, un bonnet rouge et blanc sur la tête.

– On aura tout vu ! s'exclame Frankie. D'abord un ange, et maintenant un saint ?

– Comment ça ?

– Tu ne connais pas saint Nicolas ? Le Père Noël, c'est lui. Il ne te manque plus que la barbe, le gros ventre et les rennes.

– Très drôle.

– Nous, en Pologne, on fête la Saint-Nicolas, dit Kazia. Le 6 décembre. C'est bientôt !

– Ah oui ?

Je confirme d'un hochement de tête :

– Si tu as été sage, saint Nicolas viendra sur son traîneau tiré par un cheval blanc, et il mettra des pommes, du pain d'épices et des bonbons dans tes chaussures ! Pour ma famille, c'est une tradition très importante.

– Dans les chaussures ? Moi je n'ai jamais rien trouvé dans les miennes !

– C'est parce que tu n'es pas assez sage!

– Mais si! Tout le monde te le dira. Enfin, sauf au collège. En tout cas, ça a l'air sympa, votre fête. Ça fait comme un deuxième Noël!

Le visage de Kazia s'assombrit.

– Cette année, ce n'est pas pareil. Comme on a déménagé, j'ai peur que saint Nicolas ne nous trouve pas.

– Mais si, voyons, ne t'inquiète pas. Je parie qu'Anya l'a prévenu.

Rassurée, Kazia rejoint Ben et Nate occupés à découper des flocons en papier dans un coin.

Je m'assieds près de la fenêtre avec Frankie, et Dan nous apporte notre commande.

– Kurt n'est pas là, aujourd'hui? demande-t-il.

– Non, répond Frankie. Sa grand-mère voulait qu'il rentre de toute urgence, je ne sais pas pourquoi. Miam, c'est trop bon! s'exclame-t-elle après avoir goûté une des nouvelles recettes. Et j'adore la déco. Je comprends que tu aies encore séché les cours: accrocher des guirlandes, c'est beaucoup plus sympa!

– Maman espère que ça va attirer des clients. Hier, on a vendu trois thés, sept cafés, quatre milk-shakes et treize parts de gâteau. Ce n'est pas assez.

– Tu m'étonnes. Et vous en avez donné combien gratuitement?

– Euh...

– Voilà le problème : il faut que vous soyez moins généreux. Sauf avec nous, bien sûr !

Dan éclate de rire et retourne derrière son comptoir. Ringo s'approche de notre table. Il porte un manteau en satin orange un peu effrayant.

– Vous avez entendu parler du Club des Cœurs Solitaires ?

– Comme le « Lonely Hearts Club » des Beatles ?

– Bien vu ! C'est une soirée pour célibataires inspirée de cette chanson. Ça aura lieu ici tous les vendredis soir, à compter de cette semaine. L'entrée est à huit livres et comprend un café et un gâteau. Il y aura évidemment de la musique des Beatles, et tous les célibataires de plus de dix-huit ans sont les bienvenus. Si vous en connaissez que ça peut intéresser…

Il nous donne quelques prospectus décorés de gros cœurs et de fleurs psychédéliques.

– Le monde n'est pas tendre, vous savez.

Puis, sans prévenir, il se met à chanter :

– « *All the lonely people… where do they all come from ?*[1] »

Je manque d'avaler de travers et me retiens de rire tandis qu'il s'éloigne en dansant :

– « *All you need is love*[2]… *da da da da da…* »

– Tu parles ! se moque Frankie.

---

1. Tous ces gens seuls… d'où viennent-ils ?
2. Tout ce qu'il vous faut c'est un peu d'amour.

– Tu ne crois pas en l'amour ?

Elle rougit.

– Bien sûr que non. Je crois en l'amitié.

– Et Kurt, alors ?

– Quoi, Kurt ? Kurt Jones ? Tu es sérieuse ? Pitié !
On est amis, mais… ça ne veut pas dire que… qu'on
se plaît, quoi. Pas du tout.

– D'accord, d'accord. Tu devrais prendre un flyer
pour ta mère ; elle est célibataire, non ?

– Et très heureuse comme ça. Mais bon, s'il y a du
café, des gâteaux et de la musique…

Elle glisse un des prospectus dans sa poche.

Soudain, la porte tinte et Kurt fait son entrée. Il est
dans tous ses états.

– On a un léger problème, souffle-t-il en s'asseyant.
Non, un méga problème. C'est la cata.

– Qu'est-ce qui se passe ?

– Grand-mère faisait la poussière sur le palier cet
après-midi lorsqu'elle a entendu un couinement dans
ma chambre…

– Cheesy ?

– Oui. Elle a ouvert l'armoire et quand elle l'a vu là,
agitant son museau à travers un trou du grillage, elle
est tombée dans les pommes. Direct.

– Elle va bien ? s'inquiète Frankie.

– Ouais. Mais moi, je suis mal. Il faut que je trouve
une nouvelle maison à Cheesy. Genre, tout de suite !

Un bout de queue rose sort de sa manche.

– Tu n'aurais jamais dû l'amener ici, chuchote Frankie. Si ça s'apprend, les services d'hygiène vont fermer le salon !

– Je sais ! Mais je n'avais pas d'autre solution. Tu pourrais le prendre chez toi ? Juste une nuit ou deux ?

– Hors de question. Ma mère a la phobie des rats !

– Et toi, Anya ?

– Le propriétaire ne veut pas d'animaux dans l'appartement. Désolée.

Kurt se tourne vers le comptoir et interpelle Dan :

– Hé, j'ai le cadeau idéal pour tes frères ! Une adorable petite boule de poils, gentille, câline, intelligente. Et gratuite !

– Ça ne va pas être possible. On avait un cochon d'Inde avant, et on a dû le donner. Ben est allergique aux poils.

Puis il demande, un ton plus bas :

– Attends un peu, ce n'est quand même pas… le rat du collège ?

C'est le moment que choisit l'animal pour se percher sur l'épaule de Kurt.

Heureusement, nous parvenons à le faire sortir du salon de thé sans provoquer d'émeute.

– Non mais je rêve ! grogne Dan. Tu es dingue ou quoi ?

Lorsque Kurt lui explique la situation, il soupire et envoie ses frères chercher la cage de leur cochon d'Inde dans le grenier. Une demi-heure plus tard, Cheesy et sa nouvelle maison se retrouvent installés dans un coin de ma chambre.

J'ai bien conscience que c'est une très, très mauvaise idée. Mais je ne pouvais pas laisser cette petite bête à la rue juste avant Noël. Surtout que si les affaires de mon père ne s'arrangent pas, le même sort attend peut-être ma famille.

– Il ne pourra pas rester, je préviens Kurt. Le propriétaire ne serait pas content. C'est juste pour une nuit, en attendant que tu trouves une autre solution !

– Il est trop mignon, s'extasie Kazia.

– Il ne faut pas que les parents le voient…

Trop tard : la porte d'entrée vient de s'ouvrir. C'est maman. Sept visages coupables la contemplent depuis la chambre. Huit, en comptant Cheesy.

– Un rat ! s'écrie-t-elle, horrifiée.

Elle continue en polonais en invoquant je ne sais combien de saints pour qu'ils protègent la maison.

– Ma grand-mère n'en veut plus ! explique Kurt.

– Et ma mère est phobique ! ajoute Frankie.

– Et mon frère, allergique, fait Dan.

– Mais pas nous, conclut Kazia. On peut le garder, dis ? S'il te plaît ?

Ben et Nate mettent leur grain de sel :

– C'est encore mieux qu'un cochon d'Inde.

Maman secoue la tête.

– Mais enfin, c'est un rat! De toute façon, les animaux sont interdits ici. Et nous n'avons pas les moyens de…

– Je vous fournirai la nourriture et la litière, promet Kurt. S'il vous plaît, madame Mikalski, juste une ou deux nuits, en attendant que je lui trouve une vraie maison…

– Allez, *mama*…

Maman lève les yeux au ciel et finit par céder.

– Une nuit. Deux, pas plus.

Finalement, Cheesy restera trois, puis quatre, puis cinq nuits.

– Il ne nous dérange pas, dira papa. Tant que M. Yip n'est pas au courant, tout va bien!

– Mais ça ne pourra pas durer éternellement! répondra maman.

Un peu comme notre séjour ici.

18

L e soir du 5 décembre, Kazia et moi déposons nos bottines au pied de l'escalier. Maman nous a conseillé de les laisser derrière la porte.

– Tu crois vraiment qu'il va nous trouver? me demande ma petite sœur. Ici, à Liverpool?

– Bien sûr!

– Mais si on met nos chaussures à l'intérieur, il risque de ne pas les voir. Dehors, ce serait mieux, non?

– Bon, d'accord, je soupire en plaçant les deux paires sur le seuil. Voilà! Viens, on remonte.

Nous rejoignons maman dans le salon.

– Comment va faire saint Nicolas pour arriver jusqu'ici? insiste Kazia. Il n'y a même pas de neige!

– Ne t'en fais pas, ma puce. Il viendra quand vous serez endormies. Alors maintenant, au lit!

Ce soir encore, papa travaille très tard. Mais maman était déjà là quand nous sommes rentrées de l'école.

L'appartement embaumait le pain d'épices tout chaud. Elle n'avait pas oublié ! Je me réjouis maintenant en la voyant sortir un gros sac du tiroir. Elle se passe une main sur le front ; ces derniers temps, elle a souvent des migraines. Je crois qu'elle travaille trop.

– Tu veux que je m'occupe des chaussures, *mama* ?

– Oh, ça ne t'embête pas, ma chérie ?

Je descends en courant et entrouvre la porte d'entrée. La rue est déserte. Je fourre des petites pommes rouges tout au fond des bottines, puis des noix, des bonbons et du pain d'épices enveloppé de papier d'aluminium. J'imagine déjà la tête ravie de Kazia demain matin.

– Merci, Anya, chuchote maman. Je manque un peu de sommeil, et je serai déjà partie quand vous vous réveillerez. C'était la condition pour avoir mon après-midi aujourd'hui. Ton père va sûrement se coucher très tard, alors laissez-le faire la grasse matinée. Tu voudras bien déposer Kazia à l'école ? Il y a du pain et de la confiture pour le petit déjeuner. Ne soyez pas en retard !

– Tu peux compter sur moi, *mama*. S'il te plaît, ne te fatigue pas trop…

– Ça ira, ne t'inquiète pas. Allez, va te coucher maintenant.

Je suis réveillée par des bruits de sanglots – bizarre, pour un matin de fête. Je trouve ma petite sœur assise à la table de la cuisine. Elle pleure à chaudes larmes.

– Qu'est-ce qui se passe, Kazia?

– C'est... horrible...

Je la serre dans mes bras et lui essuie les yeux.

– Quoi donc? Raconte-moi.

– Saint... Saint Nicolas...

– Il n'est pas venu?

Peut-être que quelqu'un a volé les bonbons? Maman avait raison. Nous n'aurions pas dû mettre les chaussures dehors.

– Oui... pas de pommes, pas de pain d'épices, pas de bonbons... et le pire...

Elle me prend par la main et m'entraîne en bas des marches.

– Il n'y a plus rien! s'écrie-t-elle.

Je m'assieds sur le seuil, choquée.

Nos chaussures ont disparu.

La plupart des filles en possèdent trois ou quatre paires. Certaines, comme Lily, en ont même des dizaines. Mais pas nous.

Je me suis dit que mes vieilles bottines feraient l'affaire pendant les premières semaines, et qu'après, on m'en achèterait de nouvelles.

J'ignorais que nous n'en aurions pas les moyens.

À Liverpool, on ne laisse pas ses chaussures dans la rue. Elles ont dû faire des envieux, ou servir de ballon de foot à un ivrogne. Si ça se trouve, elles ont fini dans le lac de Princes Park.

– On réveille papa ? m'interroge Kazia.

Je préférerais éviter. Le pauvre, il a déjà bien assez de soucis. Le vol a dû se produire après le départ de maman, à moins qu'elle n'ait pas fait attention.

Tout est ma faute : si je lui avais obéi, nous n'en serions pas là.

– Pour l'instant, ce sera notre secret. Je vais trouver une solution.

Kazia enfile ses chaussures de sport en toile noire. Moi, je devrai me contenter de mes chaussons roses jusqu'au collège, où je récupérerai mes baskets dans mon casier. Je n'ai jamais eu aussi honte de toute ma vie.

Je m'arrange pour déposer Kazia au moment où la cloche sonne, mais je n'échappe pas aux moqueries.

– Qu'est-ce qui t'arrive, ma petite, tu as les pieds tout poilus !

– C'est la nouvelle mode ?

Je suis en retard en cours, et tellement gênée que j'aimerais me cacher sous une pierre et y rester toute la journée. Je retire mes chaussons avant d'entrer, les fourre dans mon sac, puis passe au bureau des surveillants. Lorsque je repars en chaussettes vers mon casier, une voix m'interpelle.

– Tu as oublié quelque chose?

C'est Dan. Il est assis devant la porte de M. Fisher, sous les guirlandes de Noël en papier.

– Tes chaussures, peut-être? Ou alors, c'est une tradition polonaise? Les filles marchent pieds nus le 6 décembre pour remercier saint Nicolas de leur avoir donné des bonbons?

– Non. Ce n'est pas une tradition.

– Ah?

Je m'assieds à côté de lui.

– Kazia et moi, on a mis nos bottines devant la porte hier soir. Je les ai remplies de bonbons, de gâteaux et de fruits pendant qu'elle dormait.

– Elle était contente?

– Pas vraiment. Ce matin, on n'avait ni bonbons, ni chaussures. Quelqu'un les a volées.

– Volées? Sérieux? C'est vraiment pas cool. Et vous n'en avez pas d'autres?

Je soulève le rabat de ma sacoche pour lui montrer mes chaussons roses en tissu duveteux.

– Ah oui, mes préférés. Évite de les montrer au proviseur. Il est de mauvaise humeur. Comme j'ai été insolent et que j'ai trois contrôles de retard, je dois les rattraper ici pour qu'il puisse me surveiller.

On se croirait en prison. La plupart du temps, je me demande ce que je fais là.

– C'est pour ça que la plupart du temps, tu ne viens pas?

Il hausse les épaules.

– On ne peut pas m'en vouloir, si? Blague à part, comment tu vas faire pour les chaussures? Ça va aller?

Je lève bravement le menton et me force à sourire. Je voudrais tant lui raconter les problèmes de mon père, me blottir dans ses bras… mais il ne veut pas de petite amie. Et s'il en voulait une, ce ne serait sûrement pas une va-nu-pieds comme moi.

Finalement, il serait mieux avec Lily.

Soudain, il se lève.

– Bon, ça suffit! La vie est trop courte pour les devoirs de biologie et les humeurs de Fisher. Je vais régler ça, Anya.

Il enfonce son bonnet sur sa tête, enroule une écharpe autour de son cou et me lance un immense sourire.

– À plus!

– Mais, tu ne peux pas…

– Si, regarde.

Il s'éloigne tranquillement, franchit la porte puis se met à courir. La secrétaire du proviseur lui hurle de s'arrêter.

M. Fisher sort de son bureau pour voir ce qui se passe.

– C'était Dan Carney? Où est-il parti? Qu'a-t-il encore fait? Tu sais quelque chose, Anya?

– Désolée, monsieur. Je ne comprends pas…

19

Frankie me demande pourquoi j'ai mis des baskets blanches avec des collants noirs.

— Je n'ai rien contre un peu d'originalité, mais
là, c'est trop bizarre.

— Longue histoire.

Nous sommes en cours d'arts plastiques avec
M. Finlay. Une pile de guirlandes, de colle et de pail-
lettes trône sur une table au milieu de la salle.
Le professeur nous annonce :

— Nous allons réaliser les décorations de la fête
de fin d'année sur le thème du palais des glaces. Des
stalactites, des flocons... et pourquoi pas un bonhomme de neige géant en papier mâché, rempli
de bonbons et de cadeaux ?

Le pauvre rêvait sans doute d'une carrière d'anima-
teur télé pour enfants, ou de décorateur de théâtre.
À la place, il se retrouve à enseigner l'art à des adolescents renfrognés. Un rouleau de grillage apparaît,

des feuilles de journaux se transforment en confetti et les seaux de colle valsent d'un bout à l'autre de la pièce. On se croirait sur un champ de bataille.

– Sympa, tes chaussures, se moque Lily.

Elle reste à l'écart du groupe, occupée à se fabriquer une minijupe en guirlande argentée.

– C'est la dernière tendance en Pologne ? me lance-t-elle.

– Ignore-la, me conseille Frankie. Tu as bien le droit de porter ce que tu veux.

– J'ai perdu mes bottines.

– Perdu ? Comment ? Et pourquoi tu n'as pas mis d'autres chaussures ?

Je reste silencieuse.

– Ne me dis pas que tu n'avais qu'une seule paire ?

– Non, j'ai aussi des baskets. Et des chaussons roses.

– Tu plaisantes ?

Je regarde Kurt défaire un rouleau de Cellophane dans lequel nous sommes censés découper des rubans. Et soudain, je n'ai plus le courage de me taire.

– Chez moi, on n'a pas beaucoup d'argent. Les affaires de mon père vont mal. Très mal. On va peut-être devoir rentrer à Cracovie.

– Non ! s'écrie Frankie. Kurt, dis-lui que ce n'est pas possible !

– Ça ne peut pas être si grave !

– Si. On n'a plus un sou, mes parents travaillent très tard le soir, et moi je suis tellement triste… Et maintenant on n'a plus de chaussures. Plus rien !

– Je comprends mieux pourquoi Kazia est tout le temps avec toi ces temps-ci. Tu aurais dû nous en parler plus tôt !

Je n'ose pas lui avouer que je ne voulais pas de leur pitié. J'essayais de ne pas penser à tout ça.

– Ça suffit, grogne Frankie en jetant ses ciseaux sur la table. Pourquoi perdre notre temps à découper des rubans alors qu'Anya a besoin de nous ? De toute façon, on ne va jamais à la fête de Noël.

– Et si on faisait une exception cette année ? propose Kurt. C'est le premier Noël d'Anya en Angleterre, et peut-être le dernier. Autant qu'elle s'en souvienne !

Les yeux de Frankie se mettent à briller.

– C'est vrai. D'habitude, je n'ai jamais personne avec qui y aller. On pourrait se faire beaux et passer une bonne soirée ! Qu'est-ce que tu en penses, Anya ?

– Pourquoi pas.

– Ça te changerait les idées. Tu oublierais un peu tes problèmes, à commencer par Dan. Tu connais la dernière ? Ce matin, il était puni devant le bureau de M. Fisher. Il s'est levé, et il est parti ! Comme ça ! Cette fois, il risque le renvoi définitif. Il est fou.

– Mais non.

Je n'ose pas lui avouer qu'il a quitté le collège à cause

de moi. Déjà qu'elle ne comprend pas ce que je lui trouve, elle l'accuserait d'être parti voler des chaussures neuves dans un magasin.

– Vous n'allez vraiment pas ensemble.

– C'est à eux d'en décider, non ? intervient Kurt. On ne choisit pas de qui on tombe amoureux.

Frankie fait mine de pas comprendre le sousentendu.

– Dan et moi, on est juste amis. Mais peu importe puisque je vais retourner en Pologne.

– Je disais ça comme ça. De toute façon, on n'a pas besoin de petit copain quand on a des super amis. Vivement qu'on aille à la fête tous les trois !

Elle a l'air d'oublier que Kurt est un garçon, et qu'il est dingue d'elle.

– On va bien s'amuser… j'adore Noël ! conclut-elle.

De l'autre côté de la classe, le bonhomme de neige prend forme : les élèves ont terminé la structure en grillage et la recouvrent de feuilles de journaux détrempées. M. Finlay est en train de déballer un immense rouleau de feutre blanc pour la dernière couche. Le résultat est un peu effrayant.

Frankie attrape un tube de peinture noire près de l'évier.

– Ne t'inquiète pas, Anya, on va trouver une solution pour que tu restes. Les amis, ça sert à ça. Et en attendant, on va arranger tes baskets !

Sous ses mains expertes, mes vieilles chaussures de sport blanches se transforment en vieilles chaussures de sport noires ornées de quelques étoiles argentées.

– Elles sont plutôt pas mal comme ça !

J'espère juste que la couleur ne s'effacera pas avec la pluie.

– Qui sait, il va peut-être se produire un miracle, reprend Kurt. Ça arrive.

– Tu ne crois pas si bien dire ! renchérit Frankie. Hier soir, ma mère est allée à la première réunion du Club des Cœurs Solitaires. Je lui avais donné le prospectus pour rire, mais elle a passé une super soirée et rencontré un type très sympa. Elle commence même à se demander si elle n'avait pas tort pendant toutes ces années : finalement, les hommes ne sont pas tous des nuls. Incroyable, non ?

– En effet !

– Alors ne baisse pas les bras, Anya. Les choses vont s'arranger.

La sonnerie annonçant la fin du cours retentit. M. Finlay nous regarde sortir en file indienne. L'air ébahi, du papier mâché plein les cheveux et les doigts couverts de peluche blanche, il contemple sa classe qui semble avoir été ravagée par une tornade.

– C'est vrai, Kurt est super intelligent, reprend Frankie. Il va forcément trouver un truc.

Kurt paraît un peu moins confiant qu'elle. Ça va être compliqué de sauver mon père de la faillite et de me trouver une paire de chaussures neuves avant la fin de l'après-midi. Mais bon, on ne sait jamais.

Quand je récupère Kazia à l'école, mes baskets noires attirent beaucoup moins l'attention que mes chaussons roses.

— Qu'est-ce qu'on va dire à papa et maman ? s'inquiète ma petite sœur.

Je ne sais pas encore. Peut-être qu'ils ne s'apercevront de rien ? Ils sont tellement fatigués en ce moment qu'on pourrait porter des talons aiguilles rouges sans qu'ils réagissent.

Il fait déjà sombre quand nous arrivons devant le *fish and chips*. Soudain, Kazia se met à pousser des cris de joie et me lâche la main : deux paires de bottines sont posées sur le seuil de la porte.

Ce ne sont pas les nôtres. Il y a une paire en daim rose avec une doublure en peau de mouton et des fleurs sur le côté. Et une autre plus grande, noire à revers, façon bottes de motard. Elles sont pile à notre pointure et débordent de mandarines, bonbons et bonshommes en pain d'épices.

— Il est venu ! piaille Kazia. Même sans la neige, et même si on a déménagé ! Il a mis un peu de temps, mais on s'en fiche! Et ça ne fait rien qu'on n'ait plus nos vieilles chaussures, celles-là sont mille fois mieux!

Au coin de la rue, je vois une ombre bouger. Je suis presque sûre que c'était un ange.

20

Dan a dépensé toutes ses économies pour nous acheter les chaussures dans un magasin de vêtements dégriffés. Il a dit que c'était un cadeau de Noël en avance.

Maman, épuisée, n'a pas posé de questions quand Kazia lui a raconté que saint Nicolas les avait laissées sur le pas de la porte. Et puis nous étions tellement contentes...

Dan avait une autre surprise en réserve.

– Surtout pour Kazia. Rendez-vous vendredi soir, d'accord?

Comment lui résister? Me voilà donc les pieds dans la neige, en train de regarder ma sœur discuter avec un gros bonhomme à barbe blanche sur un traîneau plein de cadeaux.

Dan, Ben et Nate nous ont emmenées à l'atelier du Père Noël!

En réalité, c'est juste une boutique du centre-ville décorée pour l'occasion avec des rennes en peluche grandeur nature et des guirlandes lumineuses sur fond de chants de Noël. Le vendredi soir, l'entrée est à moitié prix. Dan a tout expliqué à maman, qui a trouvé l'idée excellente et nous a donné de l'argent pour les billets et le bus.

– Ce n'est pas trop cher? me suis-je inquiétée.

– C'est Noël! Après les sacrifices que nous avons faits pour sauver l'agence de votre père, Kazia et toi méritez bien un petit plaisir.

Le traîneau en velours rouge orné de clochettes trône sur la neige au milieu des lutins et des fées.

Évidemment, ce n'est pas de la vraie neige mais une espèce de poudre scintillante qui crisse sous les pieds. L'un des lutins en chapeau pointu, bottes rouges et caleçon vert, mâche un chewing-gum tandis qu'un autre écoute de la musique sur son iPod. Les fées ont l'air de s'ennuyer; il y en a même une avec un piercing au sourcil et un collant filé. Ce sont sans doute des étudiants qui veulent gagner un peu d'argent.

Mais vrai Père Noël ou pas, le gros homme en costume rouge a des yeux bleus très doux et écoute patiemment Kazia. Une longue file d'enfants, dont Ben et Nate, attendent leur tour. Peut-être qu'elle lui parle de nos chaussures volées, ou des problèmes de papa et de l'appartement au papier peint qui se décolle.

Pour finir, le Père Noël pioche un cadeau dans son grand sac. Ce sont des petites poupées russes qui s'emboîtent les unes dans les autres. Kazia lui saute au cou, mais une fée agite sa baguette en bâillant: il est temps de partir. Alors que les enfants ont le sourire jusqu'aux oreilles, les lutins regardent leur montre. Ils ont visiblement hâte que leur journée se termine.

– Anya, Anya! s'écrie ma petite sœur. Il a promis de nous apporter tout ce qu'on veut le soir de Noël!

J'échange un regard avec Dan. Kazia n'aura sans doute qu'une pomme, une boîte de chocolats et une paire de moufles. Mais pour l'instant, elle est ravie. Ben et Nate commandent des jeux vidéo, des vélos et des rollers, avant de tirer sur la barbe du Père Noël pour vérifier si elle est vraie.

– Je lui ai donné un prospectus, annonce Ben tandis que nous remontons Renshaw Street. Avec un bon pour un gâteau. S'il devient un habitué, ça va attirer plein de clients!

– Bonne idée, le félicite Dan.

– Tu crois que les lutins et les fées viendront aussi? demande Nate.

Je souris. Il ne manquerait plus que ça: une bande d'ados grincheux en plus de Ringo, du sous-marin jaune, du Club des Cœurs Solitaires et de notre bande de losers.

Kazia, Ben et Nate, tout excités, courent devant nous. Les garçons jouent avec les épées en plastique offertes par le Père Noël, et Kazia sautille autour d'eux en riant.

– C'était vraiment gentil, Dan. De proposer à Kazia de venir. Ça ne ressemblait pas du tout à la Pologne, mais c'était chouette !

– Maman m'emmenait toujours voir le Père Noël quand j'étais petit. J'adorais ça. Cette année, elle était trop occupée, et comme on ne peut pas compter sur mon père, j'ai promis d'y conduire mes petits frères. Je me doutais que ça plairait à Kazia. Je ne voudrais pas qu'elle croie que Liverpool se résume à des voleurs de chaussures !

– Pas du tout. Elle se plaît beaucoup ici. Et moi aussi.

Que penserait Dan s'il savait que nous risquons de repartir pour la Pologne après le Nouvel An ? Je n'ai pas eu le courage de lui en parler – pour cela, il faudrait déjà que je l'accepte moi-même. Et puis, si ça ne lui faisait ni chaud ni froid ? Ou pire, si ça le rendait très triste ?

Nous sommes arrivés à l'arrêt du bus. Les lumières de Noël clignotent, les rues sont envahies de groupes de collègues qui partent dîner. Les restaurants et les bars sont bondés, et je ne compte plus les gens qui ont des bois de rennes sur la tête ou des guirlandes autour du cou. Kazia, Ben et Nate, bras dessus bras dessous, entonnent un chant de Noël. Attendrie, une femme leur donne un billet de cinq livres.

– Je me demandais... reprend Dan. Tu sais, la fête dont Frankie et Kurt n'arrêtent pas de parler, celle qui aura lieu la veille des vacances ? Est-ce que... euh... est-ce que ça te dirait d'y aller avec moi ?

Je n'en crois pas mes oreilles : Dan veut m'emmener au bal ! Moi ! Cette soirée est vraiment magique.

– Oui, j'aimerais beaucoup !

Et soudain, le rêve se brise.

Le visage de Dan s'est brusquement fermé ; il ne m'écoute plus et semble à des kilomètres de moi. Kazia continue à chanter « Vive le vent » en mélangeant les paroles, mais Ben et Nate se sont tus. Ils restent plantés là, bouche bée.

Je suis leur regard.

Un homme en costume, grand, la peau sombre, vient de sortir d'un bar. Une femme blonde vêtue d'une robe rouge très courte est pendue à son cou et lui parle à l'oreille. L'homme éclate de rire, puis s'étrangle en apercevant les trois garçons.

– Salut, papa ! lance Dan.

Ben et Nate, choqués, ne disent pas un mot. Dan nous tourne le dos et part en courant. Je prends ses frères par la main et m'élance derrière lui, Kazia sur les talons.

– Dan ! Ben ! Nate ! hurle leur père. Attendez ! Je peux tout vous expliquer ! Ce n'est pas ce que vous croyez !

Dan s'arrête ; il lui fait face. Son père se passe une main nerveuse dans les cheveux, un geste que j'ai vu Dan faire un million de fois.

Je rassemble les petits autour de moi.

– Sale menteur !

– Fiston, tu ne comprends pas…

– Oh que si, on comprend. Depuis des mois on vous entend vous disputer, on voit maman pleurer. Alors je n'ai pas besoin de tes explications. C'est très clair.

– Mais, fiston…

– Arrête de m'appeler comme ça ! Parce que tu sais quoi ? Tu n'es pas digne d'être mon père !

Je ne sais pas quoi faire. Ben s'accroche à moi, les yeux pleins de larmes. Nate et Kazia restent muets. Il faut que j'emmène les garçons loin d'ici. Tous les trois. Le bus numéro 80 s'arrête près de nous dans un crissement de freins. Je fais monter les enfants à bord.

– Viens, Dan. S'il te plaît.

Il nous rejoint d'un bond, puis jette un dernier regard par-dessus son épaule.

– Tu sais quoi? hurle-t-il. Je te hais! Je m'en fiche que tu sois mon père, je te hais! Et je ne te pardonnerai jamais! Alors fiche le camp, laisse-nous. On n'a pas besoin de toi! On ne veut plus te voir!

La porte du bus se referme.

21

Quand nous nous levons le dimanche matin, maman est en train de préparer des gâteaux au miel dont le parfum délicieux embaume l'appartement. Pour la première fois depuis des semaines, elle a pris un week-end de congé.

– On va avoir un vrai dimanche! Je ne peux pas continuer à ce rythme, et votre père non plus. Alors aujourd'hui, on va passer du temps en famille, manger un bon repas polonais, et ensuite on ira à la messe avec nos amis.

– Où est papa? demande Kazia.

Elle non plus n'est pas très en forme. Elle a les joues rouges et les yeux cernés. Maman a raison : un peu de repos nous fera du bien à tous.

– Il devrait rentrer bientôt. Avec une surprise...

Depuis que Dan, Ben et Nate ont surpris leur père en compagnie d'une autre femme vendredi soir, j'ai pris conscience de la chance que nous avons d'être si soudés. Une famille, c'est fragile.

J'ignore comment leur soirée s'est terminée. Pendant tout le trajet en bus, j'ai serré très fort la main de Dan. Je sentais qu'il souffrait – et ses frères aussi.

Hier matin, Kazia et moi avons couru au salon de thé à la première heure. Il y avait un écriteau «Fermé» derrière la porte. Ringo se tenait sur le seuil, perplexe. Moi aussi, j'aurais bien aimé en savoir plus.

– Ne soyez pas si tristes, les filles, nous dit maman en sortant les gâteaux du four. Ça ne sert à rien de vous inquiéter. Venez plutôt voir ce qui est arrivé au courrier hier…

Elle nous tend un gros colis couvert de timbres et de cachets polonais.

– C'est l'écriture de grand-mère! je m'écrie.

– Nos cadeaux de Noël! ajoute Kazia.

Nous déchirons le papier brun et découvrons une boîte bourrée de journal. Ça doit être fragile… Maman en sort d'abord deux petits paquets emballés dans du crépon rouge.

– On n'a même pas de sapin sous lequel les poser, regrette Kazia.

En voyant maman soulever ce qui se trouvait au fond de la boîte, elle ouvre de grands yeux.

– Le château de Noël!

C'est la crèche en fer-blanc que papa a fabriquée à Cracovie quand j'étais toute petite. Une *szopka* typique de chez nous, avec ses tourelles miniatures, ses flèches et ses dômes ouvragés. Le métal délicatement sculpté et embouti est peint de couleurs vives.

Chaque année à Cracovie, un concours désigne la plus belle crèche de la ville. Quand j'avais trois ans, papa a participé et remporté le prix. Depuis, chaque mois de décembre, nous ressortons le château et l'exposons derrière la fenêtre, entouré de bougies. C'est une façon d'annoncer la venue de Noël et, d'après mon père, ça porte bonheur.

Malheureusement, nous n'avions pas pu l'emporter lors du déménagement. Il est trop volumineux, et il y avait des choses plus indispensables. Nous l'avions donc laissé à mes grands-parents, qui viennent de nous l'envoyer juste à temps pour les fêtes. Espérons qu'il nous porte chance !

Kazia et moi le posons sur une table devant la fenêtre. C'est magnifique.

Au fond du carton, quelque chose luit doucement.

– Notre étoile ! je m'exclame.

Elle aussi a été fabriquée par papa, à l'époque où il avait encore du temps pour sculpter. Depuis, elle trône chaque année au sommet de notre sapin. C'est réconfortant de voir des objets familiers dans cet appartement si triste.

– Mais on n'a pas de sapin! répète Kazia.

Au même instant, la porte s'ouvre et papa fait son entrée, un grand arbre sur l'épaule.

– Comment ça, pas de sapin? Je suis allé chercher le plus beau de la ville, rien que pour mes filles!

– Ooooh! souffle ma petite sœur. Il est magnifique!

Ce n'est pas tout à fait vrai: il est un peu tordu, et le tronc est déplumé sur un côté. Mais nous le tournons de sorte que ça ne se voie pas. Tout en écoutant des chants de Noël à la radio, nous découpons des flocons en papier blanc et mettons des tranches de pomme et d'orange à sécher sur le radiateur. Nous en ferons des guirlandes avec des noix et des bonbons. Comme à Cracovie. Enfin, papa soulève Kazia dans ses bras pour qu'elle place l'étoile en haut du sapin. Il avait raison: c'est le plus beau de tout Liverpool.

– Tu as vu la crèche? je lui demande. Grand-père et grand-mère nous l'ont envoyée dans un énorme colis. Elle va nous porter chance!

Il fronce les sourcils d'un air dubitatif. Je devine qu'il repense à tous les Noëls heureux passés en Pologne, quand le château de fer-blanc scintillait sous le soleil d'hiver. Il n'est pas vraiment à sa place ici, perché sur une table bancale dans le courant d'air de la fenêtre.

– Peut-être, conclut papa. Pour le moment, ce dont j'ai envie, c'est de la soupe et du bon pain de seigle de votre mère, suivis de gâteaux au miel pour le dessert.

– Je n'ai pas faim, gémit Kazia. Je suis fatiguée, j'ai chaud et j'ai mal partout.

Maman pose une main contre le front de ma sœur.

– Tu es brûlante. Et tu n'as pas l'air bien, en effet. J'espère que tu ne couves pas quelque chose.

Elle lui confectionne un petit nid de coussins et de couvertures sur le canapé, puis lui apporte du jus de citron et un gâteau encore tiède. Quelques minutes plus tard, Kazia s'endort, une boucle de cheveux blonds collée sur la joue.

– Oh non, soupire papa. J'espérais qu'après le déjeuner, nous pourrions aller tous ensemble à la cathédrale retrouver nos amis polonais. Qui sait, certains seront peut-être en mesure de m'aider? Ou de nous prêter un peu d'argent le temps que les choses s'arrangent?

La plupart des gens que nous avons rencontrés à l'église sont aussi pauvres que nous, mais je ne dis rien. Si papa en est arrivé à ce point, la situation est encore pire que je ne le croyais.

– Commençons par manger, déclare maman. Kazia se sentira peut-être mieux après avoir dormi.

Elle est en train de remplir nos assiettes quand on sonne à la porte. C'est Dan. Il a encore plus mauvaise mine que Kazia. On dirait qu'il n'a pas dormi depuis deux jours. Il n'a même pas de manteau, et ses yeux sont rouges.

– Il est parti, lance-t-il à peine arrivé. Ce matin. Il a fait sa valise et il est parti s'installer avec *elle*. Mon père nous a quittés, Anya… et c'est ma faute !

Nous avons beau lui répéter mille fois qu'il n'y est pour rien, il ne nous écoute pas.

– Si je ne m'étais pas fâché, si je ne lui avais pas hurlé de nous laisser tranquilles…

– Tu étais sous le choc. Il y avait de quoi être en colère, Dan.

– Je n'ai fait qu'empirer les choses. Comme d'habitude. J'aurais dû conseiller à Ben et à Nate d'oublier ce qu'ils avaient vu. Peut-être que ça n'aurait pas dégénéré à ce point.

Il est assis à table avec nous, les yeux baissés vers son assiette de soupe.

– Je ne crois pas, intervient papa. Se taire n'aurait rien changé. Tôt ou tard, la vérité finit toujours par éclater.

– Je m'inquiète pour ma mère. Elle n'a pas ouvert le salon hier, mais aujourd'hui elle y était avant neuf heures, alors qu'on est dimanche. Elle a eu deux ou trois clients, mais ça ne sert à rien. C'est comme si elle avait perdu la tête. Elle a jeté tous les paquets cadeaux de la vitrine à la poubelle. Et arraché les guirlandes. C'est un carnage. Maintenant, elle est en train d'écouter des chansons tristes et de pleurer au-dessus de sa pâte à gâteaux.

– Je vois… murmure papa. La pauvre.

– Elle a besoin d'une amie, déclare maman en débarrassant la table. Elle s'est montrée si gentille avec les filles en les accueillant si souvent après l'école. À notre tour de l'aider.

Elle enveloppe quelques pâtisseries au miel dans du papier d'aluminium et attrape son manteau.

– Je vais aller la voir. Lui conseiller d'être forte. Elle peut y arriver.

Papa se lève à son tour.

– On verra nos amis polonais une autre fois. De toute façon, Kazia n'était pas en état d'aller à la messe.

Dan accompagne donc mes parents jusqu'au salon de thé pendant que je reste avec ma sœur. Elle dort encore quand, une heure plus tard, papa revient chercher la crèche.

– Je vais la prêter à la mère de Dan, pour sa vitrine. J'ai nettoyé les dégâts et accroché de nouvelles guirlandes; il ne manque plus qu'un beau château au milieu. Et puis ça lui portera chance…

– Et nous, alors? On n'aura plus de porte-bonheur?

– On la récupérera à temps pour Noël. Et puis la chance, ça se partage. Plus on la propage, plus on en reçoit en retour.

J'espère sincèrement qu'il a raison.

22

Finalement, Kazia a la grippe. Elle reste à la maison toute la semaine, blottie sur le canapé avec Cheesy. Je rentre le plus vite possible après les cours pour lui tenir compagnie et lui lire des histoires de contrebandiers, d'espions et de trésors cachés.

– L'Angleterre n'est pas du tout comme je l'imaginais, dit-elle. Mais je m'y plais quand même !

– Oui, moi aussi.

– C'est nul d'être malade la dernière semaine de l'année ! Je vais rater le spectacle de Noël, la fête, les cadeaux ! Et si mes amis m'oubliaient ?

– Personne ne va t'oublier. Ils seront encore là à la rentrée.

Nous, par contre, j'en suis moins sûre – mais Kazia n'a pas besoin de le savoir. J'ai surpris une conversation entre maman et papa hier soir. La situation est vraiment critique.

– Toi au moins, tu vas aller à la fête, poursuit ma sœur. Tu seras la reine du bal, et au douzième coup de minuit, Dan t'invitera à danser. Mais si tu t'enfuis en courant et que tu perds une de tes chaussures, tu ne deviendras jamais une princesse.

– Je crois que tu mélanges un peu les histoires ! En plus, je ne sais même pas si Dan sera là. On ne l'a pas vu de la semaine au collège. Quant à mes chaussures, j'en ai déjà perdu une paire, alors ça suffit !

– De toute façon, ta marraine n'est pas une fée.

– Qu'est-ce que tu en sais ?

– Et voilà, Cendrillon ! s'exclame Frankie. Regarde-toi !

Nous sommes en train de nous préparer dans sa chambre pour le bal de Noël. J'aimerais pouvoir dire que j'ai passé des heures à chercher la tenue idéale, mais ça ne m'a pris que quelques minutes. J'ai choisi la seule qui convenait à peu près pour l'occasion : une robe bleue cintrée, avec des manches plissées et une jupe évasée. Frankie m'a maquillée, m'a lissé les cheveux, et a terminé son œuvre en vaporisant un nuage de paillettes.

Quand je m'approche du miroir, je n'en crois pas mes yeux. C'est moi, mais en mieux. Grâce aux collants bleu turquoise et aux bottines à revers, ma robe trop sage ne l'est plus du tout. Mes longs cheveux blonds sont lisses et brillants, mes yeux bleus mis en valeur par un trait de crayon noir et du fard à paupières bleu scintillant.

– C'est génial! je m'extasie.

– Et moi? Comment tu me trouves?

Frankie ne risque pas de passer inaperçue ce soir. Elle porte une robe à jupon en tulle rouge et noir, des collants rayés et des Doc Martens. Elle s'est tellement crêpé les cheveux qu'on dirait qu'elle a mis les doigts dans une prise.

– Est-ce que ça me fait des grosses fesses?

Elle tourne le dos au miroir et jette un coup d'œil à son reflet par-dessus son épaule.

– Bon, pas la peine de me répondre. Mes fesses sont toujours grosses.

– Tu es trop cool, je la rassure. Euh… tu crois que Dan sera là?

– Dan? Aucune idée. Il a tellement séché ces derniers temps… S'il ose se pointer au collège ce soir, Fisher va lui tomber dessus. Je sais que je me répète, mais ce n'est vraiment pas un mec pour toi.

– On est juste amis.

– Ouais, c'est ça!

– Bon, d'accord, il me plaît. Et alors? J'ai essayé de résister, mais je n'y arrive pas. Je sais qu'il peut me causer des problèmes, mais je l'aime beaucoup, et je crois que c'est réciproque. Et puis tu es mal placée pour me juger, non?

– Pourquoi?

– Parce que Kurt est dingue de toi et que tu ne l'as même pas remarqué! Ouvre un peu les yeux, Frankie : le garçon de tes rêves est là, sous ton nez!

– Kurt, le garçon de mes rêves? Ça va pas la tête? Il ne s'intéresse qu'aux pousses de soja, aux contrôles de bio et à la racine carrée de 73,5. Pas très romantique, tout ça.

– Tu en es sûre?

– Évidemment!

Elle retouche son rouge à lèvres, puis enfile son manteau.

– Allez, on y va!

D'habitude, St Pierre et Paul est plutôt lugubre, mais pas ce soir. L'obscurité dissimule la peinture écaillée et les graffitis et des guirlandes lumineuses scintillent autour du portail. Le gel crisse sous nos pieds tandis que nous avançons vers l'entrée.

Une bande de filles en robes de soirée nous dépasse en riant. Puis nous apercevons Kurt sur les marches, très élégant dans son jean noir moulant, sa chemise blanche sans col et son immense veste sans doute achetée dans une friperie.

– Salut! lance-t-il.

Je fais un clin d'œil à Frankie, et je jurerais qu'elle rougit. Kurt nous prend chacune par un bras et nous entrons ainsi, tous les trois.

Le hall est à peine reconnaissable à la lueur des guirlandes. Des dizaines de rubans transparents ondulent au plafond, les murs sont couverts de décorations de Noël et de flocons pailletés, et le bonhomme effrayant fabriqué en cours d'arts plastiques trône derrière le buffet. Juste à côté, M. Fisher et Mme Matthews servent de la limonade et des tartelettes aux fruits.

Perché sur une estrade dans un costume de Père Noël, M. Critchley s'occupe de la musique. Une foule d'élèves surexcités a déjà envahi la piste de danse. Les élèves plus âgés, dont je fais partie, hésitent encore à se joindre à eux de peur de paraître ridicules.

J'aperçois Lily au fond de la salle. Sa robe à sequins rouges est ultra-courte. Nonchalamment adossés à la scène, ses copains tentent de convaincre M. Critchley de passer du Jay-Z plutôt que des chants de Noël ringards. Je ne vois pas trace de Dan.

Après un arrêt devant le buffet, Kurt, Frankie et moi tentons de nous frayer un chemin entre les danseurs. Soudain, quelqu'un m'attrape par le poignet : Dan. Ses ailes d'ange sur le dos, il me fait valser en riant.

– Salut, les gars! crie-t-il par-dessus la musique. Sympa, ta veste, Kurt. Frankie, j'adore ton tutu! Quant à toi, Anya… tu es superbe. Sincèrement.

– Tu es venu!

– On avait rendez-vous, non? J'ai même mis mes ailes en ton honneur. Ce n'est pas tous les jours Noël! Est-ce que Fisher est là? Parce que je ne tiens pas spécialement à le croiser. Je suis dans un sacré pétrin à cause de lui.

– Que s'est-il passé?

– Rien de nouveau. C'est un sale type, voilà tout!

– Oui, acquiesce Kurt. Mais il est derrière le buffet avec une louche à la main, donc si j'étais toi, je ferais attention…

– Merci, mon pote. Viens, Anya. On n'est pas en sécurité ici.

Il me prend par la main et m'entraîne le long des couloirs sombres.

En quête d'un endroit tranquille où discuter, nous atterrissons dans le vestiaire mal éclairé, entre les vestes et les manteaux.

– Ça me pendait au nez, déclare Dan. Fisher est sur mon dos depuis des semaines, et quand je suis parti en pleine matinée l'autre jour, ç'a été la goutte de trop. Il a envoyé des lettres chez moi, laissé des messages sur le répondeur. Je passais à la maison pendant que maman était au travail pour les récupérer ou les effacer. Mais aujourd'hui, elle est rentrée plus tôt que d'habitude. Le téléphone était en train de sonner, et elle a décroché avant moi...

– C'était M. Fisher?

– Il lui a tout raconté. Elle n'a pas apprécié de découvrir que je lui mentais depuis des mois. Sans parler du début d'incendie et des trois jours d'exclusion, quand elle croyait que j'avais la grippe. Anya, qu'est-ce que je vais devenir?

– Mon pauvre… Comment a-t-elle réagi?

– Elle était hors d'elle. Je ne l'avais jamais vue comme ça. Elle n'arrêtait pas de répéter que je l'avais déçue. Alors que si j'ai fait tout ça, c'est pour elle! Elle n'y serait jamais arrivée sans moi.

Je ne réponds pas.

– Toi aussi, tu trouves que j'ai eu tort? Mais je n'avais pas le choix! Mes parents avaient de grands projets pour le salon de thé: monter un service traiteur, proposer des livraisons à domicile… Aucun n'a vu le jour. Maman avait déjà du mal à joindre les deux bouts. Et quand papa est parti… il fallait bien que quelqu'un l'aide.

Ses grands yeux bruns se perdent dans le vague.

– Je suis allé trop loin. Fisher va contacter la police et les services sociaux. Maman pourrait écoper d'une amende, ou pire. Elle était furieuse. Ben s'est mis à pleurer, Nate m'a reproché d'avoir gâché Noël, alors je…

Il se prend la tête dans les mains.

– Je leur ai dit que je les détestais tous, et je suis sorti en claquant la porte. Comme si c'était la peine d'en rajouter.

Il me prend la main et la serre très fort.

– Je voudrais tellement que tu me comprennes… Que tu saches ce qu'on éprouve quand on a l'impression de perdre le contrôle de sa vie…

– Je comprends, Dan. Même si mes parents s'entendent bien, ça ne va pas très fort chez moi non plus. Je voulais t'en parler, mais je ne savais pas par où commencer. Et si je ne t'explique pas maintenant, je n'en aurai peut-être plus l'occasion.

Je prends une grande inspiration.

– L'agence de mon père est en train de couler. À moins d'un miracle, on va devoir rentrer à Cracovie juste après le Nouvel An.

Dan sursaute.

– Comment ça, à Cracovie ? Hors de question ! Ils ne peuvent pas… tu ne peux pas… J'ai besoin de toi, Anya ! Il faut que tu restes !

– Désolée. Je ne savais pas que ça te toucherait autant.

Dan passe la main dans ses tresses.

– Bien sûr que si, voyons ! Quel gâchis… on a perdu tellement de temps tous les deux ! Je sais que je ne te mérite pas, que les choses sont compliquées, mais personne ne me comprend comme toi. Tu m'entends ? Personne.

Ses yeux brillent dans la pénombre.

– Et si on s'enfuyait ? Toi et moi ? On pourrait partir loin de tout ça. Tes parents ne pourraient pas te forcer à rentrer en Pologne, maman verrait à quel point elle pouvait compter sur moi, et peut-être que mon père rentrerait à la maison.

L'espace d'un instant, j'ai envie d'y croire. Dan et moi, ensemble, sans plus rien pour nous séparer. Puis l'image se craquelle et fond comme neige au soleil.

– Non, ce n'est pas une solution. On ferait encore plus de mal autour de nous.

Je me lève.

– Il faut qu'on affronte la réalité. Qu'on règle nos problèmes un par un. Pour commencer, va parler à M. Fisher. Demande-lui de te laisser une chance.

– Il me déteste, il ne m'écoutera jamais ! Pour les profs, je suis un cas désespéré.

– Ils se trompent. Moi, je te vois comme un garçon serviable, gentil avec les inconnus, capable de se transformer en magicien pour faire plaisir à ses amis.

Il me dévisage longuement.

– Parfois, j'ai l'impression que tu es la seule à me trouver des qualités.

Il se penche vers moi, si près que je sens son souffle chaud sur ma joue et que ses nattes frôlent mon visage. Je ferme les yeux. Mon cœur bat si fort qu'on doit l'entendre dans tout le collège.

C'est le moment que choisissent quelques élèves pour venir récupérer leurs manteaux. Nous nous écartons brusquement l'un de l'autre.

Dan soupire.

– Super.

Je souris, dissimulant ma gêne derrière mes longs cheveux.

– Viens, Dan, allons voir M. Fisher. Explique-lui que tu as l'intention de changer, de te mettre au travail, de rendre ta mère fière de toi. Il est temps d'arrêter les bêtises.

– Mais je ne peux pas lui parler devant tout le monde ! Je n'y arriverai jamais.

– Écoute ton cœur. Et présente-lui des excuses.

– Des excuses ? Je suis obligé ?

– Oui.

– Et toi ? Tu vas vraiment rentrer à Cracovie ?

– Il y a des choses contre lesquelles on ne peut pas lutter. Qu'on le veuille ou non. Mais j'espère encore un miracle !

Nous retournons dans la salle décorée de flocons argentés et de rubans scintillants. La piste de danse est pleine à craquer et M. Critchley se trémousse sur la scène en réglant les lumières. Lily Caldwell est en train de se déhancher au milieu d'un groupe de garçons, une branche de gui à la main. Elle a l'air de s'ennuyer. Quand elle nous aperçoit ensemble, son visage se fige, son sourire se durcit. Mais j'ai des problèmes plus urgents à régler.

– M. Fisher est là-bas, près du buffet.

– Je ne peux pas lui parler ici ! Il y a trop de bruit. Anya, il ne m'écoutera jamais.

– Mais si. Ne bouge pas, je vais le chercher. Vous n'aurez qu'à aller dans le vestiaire. S'il te plaît!

– Bon, d'accord.

Le temps que je traverse la salle, M. Critchley a changé de CD. Un slow langoureux démarre et une bonne partie des élèves fuient la piste, paniqués. Je souris en voyant Frankie et Kurt s'avancer main dans la main. Finalement, ils ont trouvé un terrain d'entente.

M. Fisher met une éternité à comprendre ce que je lui demande.

– Quelqu'un voudrait vous parler, je répète. Un élève en difficulté. Venez, s'il vous plaît, c'est très important!

Il rajuste sa cravate avant de me suivre.

Le problème, c'est que Dan n'est plus là où je l'avais laissé. Il a disparu.

– Qui voulait me parler? m'interroge le proviseur. Et à quel sujet?

Je regarde autour de moi et soudain, mon cœur se transforme en glace. Dan est au milieu de la piste avec Lily. Qui agite sa branche de gui au-dessus de leurs têtes, et l'embrasse à pleine bouche.

près ça, ma vue se brouille. Je plante M. Fisher sur place et cours chercher mon manteau au vestiaire. Quelques secondes plus tard, je m'éloigne à grandes enjambées sur le béton givré en direction de la grille du collège.

– Anya! lance Dan.

Je ne veux pas écouter ce qu'il a à dire. À quoi bon? Ce ne sont que des mensonges. Je me suis voilé la face depuis le début.

Pourtant, on m'avait prévenue. Frankie m'avait conseillé d'être prudente, Lily m'avait mise en garde, et même Dan avait reconnu ne pas être très fréquentable. Je me suis crue plus maligne que tout le monde, je lui ai fait confiance… je n'aurais pas dû.

– Anya! Attends! Je peux t'expliquer!

Le bruit de ses pas se rapproche dans mon dos, et il m'attrape par la manche juste avant la grille. Je me retourne, furieuse.

– Ce n'est pas ce que tu crois! insiste-t-il.

Ça me rappelle une autre scène, dans le centre-ville, avec Dan, Ben, Nate et Kazia. Ce soir-là, un homme à la peau sombre et aux pommettes hautes a prononcé exactement les mêmes mots.

Je n'y crois pas plus aujourd'hui.

– Anya, s'il te plaît, ça ne voulait rien dire…

J'ai le souffle court et les joues couvertes de larmes.

– Pour moi, si.

J'arrache une poignée de plumes blanches à ses ailes. Je voudrais qu'il souffre autant que moi.

– Tu parles d'un ange! Laisse-moi tranquille, Dan. Tu ne vaux pas mieux que ton père!

Il accuse le coup, ouvre la bouche pour protester, mais se tait. Son regard se durcit. Il jette ses ailes par terre et tourne les talons.

Je suis bien contente, car je ne veux plus jamais le voir.

Il est à peine plus de vingt-deux heures lorsque je rentre à l'appartement. Kazia, en voie de guérison, est assise à table avec nos parents et mange des toasts.

Maman lève les yeux, inquiète.

– Anya? On ne t'attendait pas avant au moins une heure. Tout va bien?

J'essuie mes larmes et tente d'effacer les coulures de maquillage. Mais quand j'aperçois mon reflet dans

le miroir, je me rends compte que c'est peine perdue.
Je fais peur à voir.

– La musique était nulle. On en a eu assez.

Je ne précise pas que Dan et moi sommes partis chacun de notre côté.

– C'était pourtant censé être une soirée mémorable ! s'étonne maman.

– Je sais… je n'étais pas d'humeur, c'est tout. Et puis demain soir, c'est le réveillon. Je veux être en forme.

Je m'assieds avec eux et attrape un toast. Le pain du supermarché n'est pas aussi bon que celui de maman, mais il revient moins cher. Après avoir raclé le fond du pot de confiture, je me lève pour en prendre un autre dans le placard. Les étagères sont presque vides. Il reste un bocal de chou fermenté, une pomme et un demi-sachet de farine. Plus de confiture, ni de miel.

– J'irai faire les courses demain, promet maman. Nous préparerons un vrai dîner, avec des plats traditionnels, et nous passerons un bon moment malgré…

Elle ne finit pas sa phrase. Papa baisse les yeux d'un air coupable.

– Il faudra que je fasse un saut à l'agence demain matin, nous annonce-t-il. J'ai deux ou trois choses à régler. Mais ne vous inquiétez pas, ce sera la dernière fois.

– Tes affaires s'arrangent ? je lui demande.

Il semble gêné.

– Dis-leur, Jozef.

– Non, ça ne va pas mieux. J'ai tout essayé, mais depuis le départ de Yuri, les choses n'ont fait qu'empirer. Entre les problèmes, les dettes et les réclamations, je n'y arrive plus. Toutes nos économies y sont passées ; il est temps d'arrêter. Demain, je vais vider mon bureau. Et fermer pour de bon.

Kazia se jette à son cou.

– Ce n'est pas grave, papa ! Peut-être que le Père Noël va t'apporter un nouveau travail. Je lui ai demandé de nous aider, et il a répondu qu'il verrait ce qu'il peut faire.

Voilà donc de quoi elle lui parlait, l'autre jour dans la boutique. Elle ne réclamait ni poupée, ni jouets, ni bonbons, mais un miracle. Comment expliquer à une petite fille de sept ans que même le Père Noël ne peut pas tout arranger ?

– Ma puce, j'aimerais que ce soit aussi simple…

– Au fond, c'est une bonne nouvelle, conclut maman avec un soupir. Fini l'appartement affreux et les difficultés pour apprendre la langue. Ça n'a pas fonctionné, tant pis. Nous rentrons chez nous, à Cracovie.

Kazia proteste :

– Mais moi je me plais, ici ! J'aime bien mon école, et mes amis, et ma maîtresse. Je suis la meilleure de ma classe en dessin. C'est Mme Green qui l'a dit !

– Désolé, mais on ne peut pas rester, lui explique papa. Sans travail ni argent, nous ne pourrons plus payer le loyer ni acheter à manger.

– Grand-père et grand-mère vont nous envoyer un mandat pour les billets d'avion, ajoute maman. Il devrait arriver juste avant le Nouvel An. Nous partirons aussitôt. Ils nous hébergeront le temps que nous retombions sur nos pieds et que nous trouvions un logement.

– Non! insiste Kazia. Je ne veux pas! Je veux retourner à l'école, au moins le temps de dire au revoir à mes amis.

– Nous serons partis avant la rentrée, insiste papa. C'est mieux comme ça.

– On est obligées? je demande. Kazia et moi, on commençait à se sentir bien ici. Notre anglais s'améliore de jour en jour.

– Désolé, Anya. Nous n'avons pas le choix.

Les enfants ne l'ont jamais. Notre père ne nous a pas demandé notre avis avant de nous faire traverser l'Europe pour accomplir son rêve. Et maintenant que tout s'écroule, nous allons être déracinées une nouvelle fois. Sommes-nous censées reprendre le cours de notre existence comme si les trois derniers mois n'avaient pas existé?

Si j'avais écouté Dan, je serais déjà loin de Liverpool, du papier peint décollé, des voleurs de chaussures et du pain sans confiture. D'un autre côté, heureusement que je n'ai pas cédé : il m'a laissée tomber et m'a brisé le cœur avant de disparaître dans la nuit.

Je serai sans doute mieux à Cracovie. Mais au fond, je ne le pense pas vraiment. Dan ou pas Dan, c'est à Liverpool que je veux vivre… c'était aussi mon rêve, après tout. Je veux progresser en anglais, passer du temps avec mes nouveaux amis et avoir moi aussi une maison de carte postale avec des rosiers autour de la porte.

Je veux rester.

– Mais j'en ai parlé au Père Noël ! répète Kazia. Il m'a promis de faire quelque chose, et comme j'ai été très, très sage, je suis sûre qu'il va trouver une solution. Vous verrez !

Je n'arrive pas à dormir. Il y a une heure, Kazia m'a rejointe dans mon lit, en larmes. Elle a enroulé ses petits bras autour de mon cou et nous sommes restées blotties l'une contre l'autre. Je lui ai caressé les cheveux jusqu'à ce qu'elle tombe de sommeil.

Il y a trois mois, je faisais ma valise pour venir ici, pleine d'espoirs qui ne tarderaient pas à fondre sous la pluie anglaise. Au début, je détestais cette ville – parce que je ne la connaissais pas. Depuis, j'ai appris à aimer sa beauté vieillissante, sa chaleur chaotique et sa pointe de folie. Elle va me manquer. Comme Frankie et Kurt. Et même Dan.

Je me repasse le film de la soirée. Lily et Dan sur la piste de danse... ça n'a aucun sens. Je n'aurais pas pu imaginer pire trahison. Même si je me suis complètement trompée sur le compte de ce garçon, je vais avoir du mal à me passer de lui. Je sais déjà que je ne l'oublierai jamais.

Je regrette de l'avoir comparé à son père. Ça l'a blessé, je l'ai lu sur son visage. Sur le coup, ça m'a soulagée, mais avec le recul je m'en veux. Quand on souffre, ça ne sert à rien de s'en prendre aux autres. À part à se sentir encore plus mal.

Kazia remue dans son sommeil. J'ai le cœur lourd, les yeux secs et douloureux. Vers deux heures du matin, il me semble entendre la sonnette d'un vélo dehors. Je me précipite vers la fenêtre.

Il n'y a personne.

’ai fini par m’endormir, car lorsque j’ouvre les yeux, il est neuf heures passées. Papa nous crie au revoir et promet de ne pas rentrer tard. Puis j’entends la porte se refermer. Le ciel est gris et bas, ce qui correspond parfaitement à mon état d’esprit.

Je sors de mon lit et me réfugie dans la salle de bains pour prendre une douche. Lentement, je retire ce qui reste de mon fard à paillettes. Si seulement la tristesse et la déception pouvaient disparaître aussi facilement…

Soudain, on sonne à la porte. Mon cœur bondit dans ma poitrine.

Peut-être que Dan s’est réveillé en regrettant lui aussi la scène de la veille ? Je ne suis pas certaine que ses explications me convaincraient, mais elles prouveraient qu’il tient à moi. Et au moins, nous pourrions nous dire au revoir…

– Anya! appelle maman. Tu es levée?

Avant de la rejoindre dans le salon, je m'habille et dessine un trait de crayon sur mes yeux. Mais ce n'est pas Dan. Ben, Nate et Kazia, serrés sur le canapé, regardent un dessin animé de Noël. Karen Carney est assise à la table de notre cuisine, les yeux cernés et l'air hagard.

– Est-ce que tu l'as vu? me demande-t-elle aussitôt.

Mon ventre se serre.

– Est-ce que tu as vu Dan? On s'est disputés hier, il est parti en claquant la porte et il n'est pas rentré de la nuit! Je suis morte d'inquiétude.

– Il… il était au bal hier soir. On a parlé, et… on s'est disputés nous aussi. Je ne l'ai pas revu depuis.

– Quelle heure était-il? s'enquiert maman.

– Dix heures moins dix, à peu près.

– Où a-t-il pu passer? gémit Karen. Vous croyez qu'il s'est enfui? J'ai été très dure avec lui, alors qu'au fond, c'est un bon garçon. Il a eu des ennuis au collège, mais je suis en partie responsable. J'ai été tellement prise par mon salon de thé ces derniers mois.

Je frissonne. S'enfuir… n'était-ce pas justement le projet de Dan?

Maman passe un bras autour des épaules de Karen.

– Ne vous en voulez pas trop. Vous élevez vos fils de votre mieux.

– Pas assez bien, visiblement. Dan n'a pas arrêté de manquer les cours. Il avait toujours une bonne excuse, entre les sorties scolaires, les rages de dents et les migraines qui disparaissaient aussi vite qu'elles étaient venues. J'aurais dû me méfier. C'était évident qu'il me menait en bateau!

– Il voulait vous aider, j'explique.

– Je sais. Et je l'ai laissé faire. Je n'ai pas posé de questions, parce que je n'avais pas envie de connaître les réponses. Et maintenant, il n'est plus là...

– Madame Carney, la nuit dernière, Dan m'a parlé de fuguer. Je lui ai dit que ce n'était pas une bonne idée, mais...

Tout le monde se tourne vers moi.

– Il est peut-être allé chez son père? suggère maman.

– Impossible. James vit à Manchester, avec son... amie.

– On devrait vérifier. Vous avez son numéro de portable?

Assise sur un coin du canapé, la boule au ventre, je repense aux confidences de Dan sur son père, à son envie de le voir, de lui parler. Je me rappelle son visage défait quand je lui ai crié qu'il ne valait pas mieux que lui. Un sentiment de culpabilité amère m'envahit.

– Allô, James? C'est Karen. Est-ce que Dan est avec toi? Il n'est pas rentré de la nuit, et je me demandais si...

Elle baisse la tête ; apparemment, Dan n'est pas chez son père. Un frisson me parcourt l'échine. Où peut-il bien être ?

– James, qu'est-ce qu'on va faire ?

Elle se met à pleurer.

– Tout est ma faute. Il peut lui être arrivé n'importe quoi. Oh non... il faut que je signale sa disparition !

Le téléphone lui glisse des mains.

Maman la prend dans ses bras comme elle le fait avec Kazia et moi quand nous sommes fatiguées, tristes ou malades.

– Tenez bon, murmure-t-elle. Dan a besoin de vous. On va prévenir la police, et vous rentrerez chez vous pour attendre votre fils. S'il y a quoi que ce soit d'autre qu'on puisse faire...

Karen s'essuie les yeux.

– Non, non, vous avez déjà été d'une grande aide. À moins que... le salon de thé... Je n'ose même pas vous le demander.

Maman sourit.

– La réponse est oui. C'est la veille de Noël, les clients vont se bousculer. Ce serait dommage que vous fassiez faillite vous aussi ! Je vais vous remplacer jusqu'au retour de Dan. Ne vous inquiétez pas.

Le Paradis n'a jamais été aussi plein : une foule affamée par des achats de Noël de dernière minute se presse autour des tables. Maman, Kazia et moi ne nous en sortirons jamais toutes seules. Je téléphone à Frankie pour lui expliquer la situation. Elle arrive quelques minutes plus tard, le visage déterminé et Kurt sur les talons.

– Je suis désolée, Anya. Si j'ai été dure avec Dan, c'est parce que j'avais peur que tu souffres. Au fond, je l'aime bien. J'espère qu'il n'a rien…

– Il finira par réapparaître, me rassure Kurt. La police va le retrouver. Essaie de ne pas trop t'inquiéter.

– Ça va, je murmure, la voix fêlée.

Je détourne le visage pour leur cacher mes yeux pleins de larmes.

Frankie et Kurt travaillent sans relâche toute la matinée, prenant les commandes et jonglant avec les plateaux. Même Ringo vient nous donner un coup de main. Il essuie les tables et remplit le lave-vaisselle sans cesser de siffloter. Lui aussi a rencontré quelqu'un à la soirée des Cœurs Solitaires. Depuis, il flotte sur un petit nuage.

Je me charge de découper les gâteaux et de préparer les boissons en luttant pour ne pas me laisser envahir par la culpabilité.

Aidée par Kazia, maman enchaîne les fournées de gâteaux au miel et de pains d'épices, dont l'odeur délicieuse emplit peu à peu le salon de thé. Le CD de chants de Noël tourne en boucle ; les clients ont l'air ravis. Ce serait presque amusant sans cette angoisse sourde qui me ronge. J'essaie de ne pas songer à Lily, ni au baiser, ni aux ailes d'ange gisant sur le sol gelé.

C'est trop dangereux.

26

—**a**u fait, qu'est-ce qui s'est passé hier soir? me demande Frankie en posant une nouvelle commande devant moi. Tu nous as laissés tout seuls, Kurt et moi… et maintenant, Dan a fugué? J'ai dû louper un épisode.

— On s'est disputés. Je croyais qu'on commençait à se rapprocher, et puis… je l'ai vu embrasser Lily.

— Non, c'est l'inverse qui s'est produit, me corrige Kurt, les bras chargés d'assiettes sales. Lily menaçait tout le monde avec sa branche de gui. Je parie qu'elle guettait une occasion de le piéger!

— Comment ça?

— Si quelqu'un te réclame un baiser sous du gui, tu ne peux pas refuser. C'est une vieille tradition. Vous n'avez pas ça en Pologne?

— Non, je ne crois pas. Enfin, peut-être.

— Dan n'a pas eu le choix.

Il attrape un plateau plein et repart vers la salle.

Je me remémore la scène. Lily avait les bras autour du cou de Dan. Peut-être que ce n'était pas ce que j'ai cru ? Qu'il essayait de s'écarter ?

— Mais… quand même… il ne s'est pas beaucoup débattu.

Frankie lève les yeux au ciel.

— Anya, c'est un garçon ! Ils agissent d'abord et réfléchissent après. Des tas de gens se sont embrassés hier soir. Ça ne compte pas. J'étais la première à me méfier de Dan, mais là, franchement, tu es dure. Lily a toujours eu des vues sur lui ; à mon avis, elle avait prévu son coup. Mais ça n'a pas marché : elle a fini la soirée à pleurer dans les toilettes des filles. Elle a décrété qu'elle laissait tomber les garçons, qu'ils étaient pires que des rats.

Le soulagement m'envahit, suivi d'un grand désarroi. À cause de mes conclusions trop rapides, j'ai dit des horreurs à Dan. J'ai voulu le faire souffrir, et je crois bien que j'ai réussi.

Je suis vraiment inquiète maintenant. S'il avait voulu rejoindre son père, il serait arrivé depuis longtemps. Je regarde l'horloge : treize heures. Plus de quinze heures se sont écoulées depuis la dernière fois que je l'ai vu.

— Hé, murmure Frankie en passant un bras autour de mes épaules. Tiens bon, ma belle. Dan est un grand garçon. Ça va s'arranger.

– J'espère.

Kurt revient avec un plateau de vaisselle sale et une nouvelle commande. Frankie me fait un clin d'œil.

– Je suis d'accord avec Lily, dit-elle. Les rats sont plus intelligents que les garçons. Et plus mignons, aussi...

– Attention à ce que tu dis, toi!

Kurt lui donne un petit coup de torchon.

– Elle t'a raconté? Pour nous deux?

– Deux minutes! Donc hier, après ta disparition, on s'est retrouvés tous les deux. On a discuté, on a dansé, et après...

– Elle m'a proposé de sortir avec elle!

– Non, c'est lui!

– C'est elle. J'ai répondu que j'allais réfléchir, mais quand elle a quelque chose en tête...

– Enfin! je m'exclame. Il était temps. Je suis super contente pour vous. Vous êtes faits l'un pour l'autre.

– Désolé de vous interrompre, les enfants, annonce Ringo en s'approchant, mais on a un salon de thé à faire tourner! Les clients attendent!

Je soupire et recommence à remplir les plateaux. Le pot à pourboires déborde; on a à peine le temps de le vider qu'il se remplit à nouveau. Cinq ou six personnes patientent dans l'entrée en espérant qu'une place se libère. C'est la première fois qu'il y a la queue.

Les cupcakes, meringues et génoises à la crème partent à toute vitesse. Même les gâteaux au miel et les pains d'épices de maman commencent à manquer. Dans la cuisine, deux gros gâteaux de Noël aux fruits secs refroidissent sur une grille, prêts à être recouverts de glaçage. Maman est en train de mélanger la pâte pour une nouvelle fournée quand la porte s'ouvre dans un tintement. Karen Carney entre, suivie de Ben et Nate.

Je voudrais leur demander des nouvelles de Dan, mais j'ai la gorge trop sèche pour prononcer un mot. Mon plateau de milk-shakes et de meringues m'échappe des mains et s'écrase par terre. Il y a un grand silence, puis Ringo se précipite avec une serpillière pour nettoyer les dégâts.

Maman sort de la cuisine, Kazia sur les talons.

– Que se passe-t-il ? Ils l'ont trouvé ?

Karen lui tombe dans les bras, un sourire épuisé aux lèvres.

– Oui, il va bien. Il est chez son père. La police est avec eux, et James a promis de le ramener le plus vite possible. Mon fils est sauvé !

Certains clients ont l'air étonnés, puis quelqu'un se met à applaudir dans un coin, et bientôt la salle résonne de hourras et de «Joyeux Noël!» Tant pis si

Dan ne veut plus jamais me parler. L'important, c'est qu'il soit sain et sauf. La tension se relâche enfin dans mes épaules.

– Tu vois ! me lance Frankie. J'en étais sûre ! Tu t'inquiétais pour rien.

Kurt se contente de me serrer dans ses bras.

Karen enfile un tablier et rejoint ma mère dans la cuisine.

– Je ne sais pas comment vous remercier, Klaudia. Ces gâteaux ont l'air délicieux ! Vous voulez que je m'occupe du glaçage ?

– Non, non, je m'en charge. Tout est sous contrôle. Allez vous asseoir, je vais vous préparer une tasse de thé.

La mère de Dan éclate de rire.

– C'est gentil, mais j'ai besoin de m'activer en attendant que James ramène Dan ! Vous avez fait un travail fantastique, alors s'il vous plaît, laissez-moi vous aider.

En général, maman se contente de recouvrir les gâteaux d'une couche de blanc d'œuf mélangé à du sucre avant de les entourer d'un ruban. Les glaçages de Karen, eux, sont de véritables œuvres d'art. Sur le premier, elle dessine des petits tas de neige surmontés d'un flocon aussi délicat que de la dentelle, qu'elle saupoudre de paillettes argentées. Sur le second, elle sculpte un renne et un traîneau plein de cadeaux.

– C'est magnifique! s'exclame maman. Vous avez beaucoup de talent. Dommage qu'on n'en ait pas préparé plus ; je pensais les découper en parts, mais ils sont tellement réussis qu'on pourrait les vendre tels quels.

Lorsque j'ouvre la vitrine pour y exposer les deux gâteaux, une vieille dame debout près de la caisse s'extasie :

– Ils sont sublimes ! Je n'ai jamais rien vu d'aussi beau. Je comptais acheter une bûche au supermarché, mais… je prendrais bien un de ceux-là à la place !

Ringo sourit.

– Bien sûr, madame. Ils sont entièrement préparés ici avec des fruits et des épices de qualité, puis décorés à la main par une véritable artiste. Vous ne les trouverez nulle part ailleurs !

– Combien coûtent-ils ?

– Attendez, je vais me renseigner, je réponds en me dirigeant vers la cuisine.

– Qu'en pensez-vous ? demande Karen à ma mère. Dix livres, ça vous paraît trop ?

– Non, pas assez ! On pourrait en demander quinze, voire vingt.

Le temps de retourner au comptoir, il est déjà trop tard.

– Ils sont à vingt-cinq livres chaque, déclare Ringo.

Qui voudrait payer une telle somme pour un simple gâteau ? Il est dingue.

– Ce sont des pâtisseries artisanales, des pièces uniques, continue-t-il. Préparées selon une recette de famille, glacées à la main… de vrais produits de luxe.

– Je vais prendre celui avec le renne, annonce la vieille dame.

Ringo le glisse dans un carton qu'il ferme par un ruban. Une demi-heure plus tard, une jeune femme craque pour le flocon de neige.

– Je me marie en avril, explique-t-elle. Nous ne serons pas très nombreux, mais je voudrais que le repas soit spécial, qu'il nous ressemble. Vous réalisez aussi des commandes ?

Karen n'en revient pas.

– Oui, oui, bien sûr !

Elle note son nom et son numéro de téléphone sur la boîte, et la femme s'en va le sourire aux lèvres.

– Waouh ! s'exclame la mère de Dan. Cinquante livres pour deux gâteaux – et tout ça grâce à vous, Klaudia !

– Pour un gâteau de mariage, vous pouvez demander cent cinquante, deux cents livres. Lors de ce genre d'occasions, les gens sont prêts à dépenser beaucoup d'argent.

– Avec une ou deux commandes comme ça par semaine, je rentrerais vite dans mes frais.

Je pourrais aussi proposer des petits cupcakes assortis pour le buffet. En tout cas, je n'y serais jamais arrivée sans vous aujourd'hui. Merci à tous ! J'avais bien trop de soucis en tête pour penser à ouvrir, mais je crois qu'on n'a jamais gagné autant en une journée...

– Ce fut un plaisir, répond Ringo.

– On est contents d'avoir pu vous aider, renchérit Kurt. Après toutes les pâtisseries que vous nous avez offertes !

– Ça m'a rappelé la boulangerie à Cracovie, ajoute maman. En beaucoup plus amusant !

– Vous travailliez dans une boulangerie ?

– Oui, et j'y retournerai bientôt. S'ils veulent bien me reprendre. Ces dernières semaines ont été très mauvaises pour les affaires de mon mari. Nous allons quitter Liverpool.

– Oh, Klaudia, non !

– Vous ne pouvez pas partir ! proteste Frankie. Ce n'est pas juste ! Anya ne veut pas !

Elle s'essuie les yeux.

– Nous n'avons n'a pas le choix, soupire maman. Je suis désolée, Frankie. Mais c'est la seule solution. Allez, les filles, il est temps de rentrer. Il faut que nous préparions le dîner...

– On ne t'oubliera jamais, Anya, me promet Frankie. On restera amies pour la vie, d'accord ?

Nous nous étreignons. Soudain, j'ai la gorge nouée et les yeux qui piquent.

Karen embrasse maman.

– Merci encore. Et je suis vraiment désolée pour Cracovie.

Elle lui tend un carton à gâteaux, avec un billet de vingt livres glissé sous le ruban.

– Non, non, proteste maman.

Karen me donne la boîte, et maman n'insiste pas.

Pendant que nous enfilons nos bonnets et nos écharpes, un vieil homme entre dans le salon de thé. Il est petit, rondouillard, avec des joues roses et une grosse barbe blanche. Kazia s'illumine.

– C'est le Père Noël! On l'a vu dans son atelier l'autre jour!

– Allons, Kazia, c'est juste un monsieur, la corrige maman.

Mais il se pourrait bien que ma sœur ait raison. Le visage de l'homme me paraît familier, et Ben lui avait remis un prospectus.

En même temps, à cette période de l'année, tous les gros messieurs à barbe blanche doivent être pris pour le Père Noël.

– Venez, les filles, lance maman. Ne soyons pas en retard pour le réveillon!

Au moment où nous sortons dans la rue, les premiers flocons de neige commencent à tomber.

En Pologne, le réveillon du 24 décembre est le moment le plus important des célébrations de Noël. Nos traditions n'impliquent ni dinde aux marrons, ni bûche au chocolat, ni bas suspendus à la cheminée. Heureusement, d'ailleurs, car cette année nous n'aurions pas eu les moyens. En plus, il n'y a pas de cheminée dans l'appartement – juste des radiateurs qui grincent et résonnent toute la nuit.

Ça n'a pas d'importance ; nous fêterons Noël à notre façon.

Maman s'arrête au supermarché pour acheter quelques provisions grâce au billet de Karen. Puis nous rentrons chez nous sous la neige.

Papa est déjà là.

– Voilà, annonce-t-il à maman. Le bureau est vide, j'ai rendu les clés.

– Oh, Jozef…

Ils s'étreignent longuement. Des larmes brillent dans les yeux de papa.

– J'ai parlé à M. Yip, reprend-il au bout d'un moment d'une petite voix. Je lui ai expliqué la situation et promis de payer le loyer dès que nous aurons reçu l'argent de tes parents. Ça passera avant les billets d'avion. Il s'est montré très compréhensif. Il espère que les choses vont s'arranger pour nous.

– Mais oui, confirme maman. De toute façon, ça ne peut pas être pire.

– Allez ! lance papa en retrouvant son entrain habituel. C'est Noël ! Aujourd'hui, on repart de zéro et on laisse nos soucis de côté. Les filles, vous avez regardé sous le sapin ?

Une pile de paquets aux couleurs vives est apparue entre les branches. Kazia se jette dessus.

– Celui-là est pour toi, Anya.

On dirait une boîte à chaussures. Je commence à rêver de sandales vernies, rouges et brillantes. Oh, ce serait tellement beau !

– Vous n'avez qu'à en prendre un chacune et les déballer en même temps, suggère papa. Rien ne pourra gâcher notre réveillon, pas vrai ?

Kazia choisit le plus gros cadeau pendant que j'ouvre le mien. Ce sont bien des chaussures ! Ni rouges, ni vernies, mais en daim noir très doux avec de petits talons et des brides délicates. Elles sont parfaites.

– Je les adore !

Quant à la surprise de Kazia, elle me coupe le souffle. C'est une maison de poupées en bois laqué rouge et blanc, avec de jolies fleurs roses autour de la porte. Une version miniature de celle dont j'ai tant rêvé.

– Elle est trop belle, souffle ma sœur. Vous voyez ? Le Père Noël savait !

À mon avis, c'est plutôt papa qu'il faut remercier. Quand j'étais petite, il m'a fabriqué une arche de Noé contenant tous les animaux possibles et imaginables. Même après son départ pour l'Angleterre, il a continué à nous envoyer des figurines d'espèces auxquelles Kazia et moi n'aurions jamais pensé, telles que des buffles, des ratons laveurs ou des lamas.

Mais cette maison de poupées est encore plus incroyable. Il a dû mettre des mois à la sculpter. La façade s'ouvre sur une multitude de petites pièces entièrement meublées.

Je l'imagine travaillant dessus en secret dans son bureau, peignant les fenêtres en rouge, les tuiles du toit et les rosiers grimpants avant de rentrer dans notre appartement lugubre. Quand il s'est lancé dans ce projet, il ne se doutait pas que nous allions bientôt repartir. Maintenant, nous n'avons plus qu'à empaqueter la maison. Quel gâchis.

Maman est en train de préparer un véritable festin de Noël : soupe de betteraves aux quenelles de champignons, harengs à la crème aigre, chou épicé et pain azyme. Elle ouvre le carton remis par la mère de Dan. Il contient un gâteau au chocolat couvert de glaçage blanc.

– Karen est vraiment adorable ! Elle va me manquer. Les filles, vous voulez bien mettre la table ? La nappe est dans le tiroir, avec les bougies.

Kazia court les chercher. D'aussi loin que je m'en souvienne, nous sortons cette grande nappe blanche le soir du réveillon. D'habitude, on utilise des bougies rouges torsadées, mais cette année nous devrons nous contenter de blanches toutes simples achetées au supermarché.

Je pousse le canapé contre le mur, puis nous installons la table de la cuisine au milieu du salon, bien au chaud. La tradition veut que l'on glisse quelques brins de paille sous la nappe en souvenir de l'étable, alors Kazia en prend un peu dans la réserve de Cheesy. Ensuite, nous dressons le couvert pour cinq.

On prévoit toujours une assiette en plus, au cas où un visiteur surprise se présenterait. C'est un rituel porte-bonheur que nous n'oublions jamais, bien que les visites soient rares en Pologne le soir de Noël. La plupart des gens préfèrent passer ce moment en famille. La nôtre – grand-mère, grand-père, oncle

Zarek et tante Petra – a beau être à Cracovie, c'est important de respecter la tradition.

La nuit tombe tandis que maman apporte les plats, qui sont en nombre impair pour déjouer le mauvais sort. Normalement, il en faut treize; cette année, comme nous n'avons pas beaucoup d'argent, il n'y en aura que cinq. La table paraît bien vide par rapport aux réveillons passés, où elle était recouverte de mets délicieux. Mais je me reprends vite. Ça ne sert à rien de se morfondre.

– Alors, tu la vois? demande papa.

– Pas encore, répond Kazia, le nez collé à la fenêtre.

Comme elle est la plus jeune de nous quatre, c'est à elle que revient le rôle de guetter l'apparition de la première étoile. Je me souviens encore de l'époque où j'étais à sa place. Je me plantais derrière la vitre dès que le jour commençait à décliner, et j'attendais avec impatience que le ciel s'obscurcisse pour apercevoir l'étoile de Noël.

À Liverpool, il y a toujours tellement de brouillard que c'est déjà difficile de distinguer le lampadaire de l'autre côté de la rue, alors une étoile, n'en parlons pas. Pourtant, Kazia s'écrie soudain:

– Je l'ai vue, je l'ai vue!

Le festin peut alors commencer. Maman allume les bougies, papa rompt le pain azyme, et il nous rappelle qu'à partir de ce soir, tous nos soucis sont derrière nous. Il est en train de remplir nos assiettes de soupe quand on sonne à la porte.

– Qui cela peut-il bien être à une heure pareille ? s'étonne maman.

Papa se lève.

– Un visiteur surprise !

28

Il y a maintenant sept plats sur la table. M. Yip, notre propriétaire, inquiet pour nous depuis sa conversation avec papa, nous a apporté des saucisses et des frites.

– Noël est une fête importante. Je ne la célèbre pas, mais je suis sensible à son esprit. Il est hors de question que vous mouriez de faim ce soir. Quant au loyer, j'en ai parlé avec ma femme. Vous ne nous devez rien pour ce mois-ci. Après tout, vous avez réparé la fenêtre et le placard de la cuisine, sans parler des étagères que vous avez installées dans la salle de bains.

– Merci, Monsieur Yip, répond simplement papa. Vous n'avez pas idée de ce que cela signifie pour nous. S'il vous plaît, restez partager notre repas. Nous allons fêter Noël tous ensemble.

– J'ai cru que vous ne me le proposeriez jamais !

Maman dépose des morceaux de harengs et des frites sur nos assiettes quand la sonnette retentit à nouveau. Surprise, elle se dépêche de rajouter un couvert pendant que papa va ouvrir.

– Tomasz ! Stefan !

Deux jeunes hommes entrent en tapant du pied pour nettoyer leurs bottes pleines de neige. Ils parlent polonais, donnent des claques dans le dos de papa et posent une bouteille de vodka, des fruits et des chocolats sur la table. Ce sont deux de ses ouvriers les plus fidèles.

– Tu nous as payés chaque semaine, quitte à prendre sur tes économies. Nous t'en sommes très reconnaissants, dit Tomasz.

– On sait ce que c'est d'être loin de chez soi le soir de Noël, ajoute Stefan. On voulait vous souhaiter de très bonnes fêtes.

Avant même qu'ils soient assis, on sonne une nouvelle fois à la porte.

– Encore ! s'exclame papa. Que de visiteurs !

C'est Karen. Son manteau est blanc de neige. Elle rapporte la crèche en métal de papa, avec une des guirlandes lumineuses du Paradis drapée autour des flèches et des toits colorés. Je suis ravie de la voir, même si j'aurais aimé que Dan soit avec elle.

– Vous aviez raison, elle m'a porté bonheur, déclare-t-elle. Alors j'ai trouvé important qu'elle retrouve sa place en ce soir de Noël.

Maman branche la guirlande, et le château se met à luire doucement dans son coin.

– Comme c'est joli ! s'émerveille-t-elle. Merci, Karen. Mais venez, joignez-vous à nous ! Que tout le monde se serve !

Le repas s'est transformé en une espèce de buffet. Chacun attrape une fourchette ou une cuillère et remplit son assiette de frites, de chou épicé ou de saucisses grillées accompagnées de quenelles aux champignons.

– Dan est rentré, nous annonce Karen entre deux bouchées. James l'a ramené il y a une heure. Nous avons beaucoup discuté, tous ensemble, pour mettre les choses à plat. James ne reviendra pas, et je me rends compte maintenant que c'est mieux ainsi. Quant à Dan... ça va aller.

– Où est-il ? je demande.

– Il s'est endormi sur le canapé. Il a fait une nuit blanche et marché près de trente kilomètres pour trouver la maison de son père ; il était éreinté. Anya, il ne sait pas encore que votre retour à Cracovie est confirmé. Je le lui annoncerai demain matin. Il va être bouleversé. Mais pour le moment, il faut qu'il se repose. James m'a proposé de rester un peu avec Ben et Nate, alors j'en ai profité pour venir vous remercier.

Je suis heureuse de savoir Dan chez lui, avec son père. Mais j'aurais tellement aimé qu'il accompagne

Karen, ne serait-ce que pour pouvoir lui dire au revoir.

– Je regrette vraiment que vous partiez, poursuit Karen. Jozef, je sais combien il est difficile de garder une entreprise à flot en ce moment. Pourtant, je n'ai pas l'impression que vous ayez très envie de rentrer en Pologne. Alors j'ai eu une idée...

– Comment ça ?

– Klaudia, ça vous dirait de travailler avec moi au salon de thé ? Vous m'aideriez à préparer les commandes pour les mariages et les anniversaires. Au début, je ne serais pas en mesure de vous payer autant que l'hôtel, mais nous devrions augmenter rapidement notre chiffre d'affaires.

Les yeux de maman se mettent à briller.

– C'est vrai qu'on fait une bonne équipe !

Papa se racle la gorge.

– Karen, c'est très généreux de votre part, mais ça ne suffira pas. Nous avons dépensé toutes nos économies, il ne nous reste plus rien. J'ai parlé à mon ancien patron à Cracovie. Après tout ce temps, il est d'accord pour me reprendre. Je ne peux pas refuser.

– Jozef était menuisier, explique maman. Il est très doué de ses mains.

– Je vois ça. Cette crèche est vraiment magnifique. Cet après-midi, un client m'a demandé qui l'avait fabriquée.

– Ah oui ? Mais je ne veux pas la vendre, elle appartient à notre famille. Enfin, ne parlons plus de tout ça. C'est Noël ! Et je goûterais bien ce merveilleux gâteau au chocolat.

La fête se termine vers vingt-deux heures. Tout le monde s'embrasse, se souhaite un joyeux Noël, puis nos visiteurs disparaissent comme ils sont arrivés.

– Nous avons beaucoup plus d'amis ici que nous ne le pensions, commente maman, les yeux humides. Ils sont si gentils…

– Ce sera dur de les quitter, reconnaît papa. Mais je ne vois pas d'autre solution.

C'est alors que la sonnette retentit.

Maman jette un coup d'œil à la table, couverte de plats et d'assiettes vides. Il ne reste pas la moindre miette.

– Nous n'avons plus rien à offrir ! s'écrie-t-elle, paniquée.

Papa la prend par les épaules et Kazia va ouvrir pendant que je me dépêche de ranger un peu.

– Oh ! C'est vous ! J'ai cru que vous nous aviez oubliés ! lance ma sœur.

Elle fait entrer un vieil homme à l'épaisse barbe blanche.

– Vous voyez ! Je vous avais dit qu'il viendrait ! C'est le Père Noël, il va tout arranger.

Papa s'avance, surpris.

– Excusez-moi… nous nous sommes déjà rencontrés ?

L'homme sourit, et soudain je le reconnais : c'est celui que Kazia a pris pour le Père Noël cet après-midi, au salon de thé.

– Pas encore, répond-il. Mais j'ai déjà fait la connaissance de votre adorable fille, dans une boutique du centre-ville.

Il continue un ton plus bas, pour que ma sœur ne puisse pas l'entendre :

– Leur Père Noël habituel avait la grippe. Je l'ai remplacé à la dernière minute.

Je n'en crois pas mes oreilles : Kazia avait raison ! Le vieil homme du café et le gros bonhomme en costume rouge de l'atelier ne font qu'un.

– Vous voyez ! répète-t-elle.

– Je suis désolé de vous déranger le soir de Noël. Je comptais attendre que les fêtes soient passées, mais je ne suis pas quelqu'un de très patient. À mon âge, on n'a pas de temps à perdre. Je n'ai pas pu résister à l'envie de venir vous poser une question…

– Je ne comprends pas, dit mon père. Vous devez faire erreur…

– Non, non, insiste l'homme en se tournant vers la crèche illuminée par la guirlande. Je cherche l'auteur de cette merveille ! Je me suis renseigné cet après-midi après avoir aperçu votre *szopka* dans la vitrine d'un café. C'est la première fois que j'en vois une dans ce pays. La charmante dame qui se tenait derrière le comptoir m'a expliqué qui vous étiez et où vous viviez.

– Ah oui, Karen nous en a parlé. Je suis désolé, vous vous êtes déplacé pour rien. Ce château n'est pas à vendre.

– Oh, je ne comptais pas l'acheter ! Je me demandais simplement si vous en aviez d'autres en stock, et si la fabrication de jouets, de décorations vous tenterait ?

Kazia conduit le vieil homme devant sa maison de poupées.

– Superbe ! Et ces peintures…

– Je fais ça comme ça, pour le plaisir…

– Jozef est très doué, intervient maman. Il travaille le bois et le métal comme personne. C'est un véritable artiste, je l'ai toujours dit.

– Malheureusement, ça ne rapporte pas assez, soupire papa. Difficile de faire carrière là-dedans.

Le vieil homme s'assied sur notre canapé. Ses yeux brillent au-dessus de ses joues rouges comme des pommes et de sa barbe en broussaille.

– Vous vous trompez, monsieur Mikalski. Je possède un atelier à deux kilomètres d'ici. Je fabrique des chevaux à bascule à l'ancienne, sculptés et peints à la main. Chacun coûte près de mille livres, parfois plus, et nous avons une liste d'attente de clients dans le monde entier. Cette activité me permet de gagner confortablement ma vie depuis des années.

Papa fronce les sourcils.

– Des chevaux à bascule ? En effet, ça doit représenter beaucoup de travail. Mais…

– J'approche de la retraite. J'aimerais continuer le plus longtemps possible, mais je ne peux plus faire autant d'heures qu'autrefois. J'ai deux jeunes apprentis et, jusqu'à la semaine dernière, un gérant s'occupait de ma boutique. Le problème, c'est qu'il vient de me donner sa démission : il a rencontré une Écossaise sur Internet et, croyez-le ou non, il part s'installer au bord du Loch Ness ! Il m'avait fallu des années pour trouver quelqu'un avec un tel savoir-faire, capable de réaliser des jouets en bois traditionnels. Alors…

Papa l'écoute avec attention. Maman me prend la main et serre Kazia contre elle ; nous observons la scène sans un mot.

– Vous me proposez du travail ? demande enfin papa. Comme gérant ?

– Bien entendu, il y aurait une période d'essai. Mais si cela fonctionne, vous serez très bien payé, monsieur Mikalski. Et je crois que ce poste vous conviendrait à merveille. Êtes-vous intéressé ?

Maman m'écrase la main. Je retiens mon souffle.

– Évidemment ! s'exclame papa.

29

nous avons finalement le cadeau de Noël dont nous rêvions : la possibilité de rester à Liverpool. Pour l'instant, rien n'est sûr, car les offres d'emploi ne se concrétisent pas toujours. Mais cela suffit à effacer les rides d'inquiétude et les cernes de papa.

Maman est tellement excitée qu'elle téléphone à Karen pour lui demander si sa proposition tient toujours. Évidemment, la réponse est oui. Elle nous serre tous dans ses bras et nous sautons partout dans l'appartement en pleurant de joie. Puis nous nous habillons chaudement pour aller assister à la messe de minuit. L'église est pleine à craquer. Nous chantons «Douce nuit» tous en chœur. À la sortie, nous croisons Frankie et sa mère, Tomasz, Stefan et même Lily Caldwell.

Je repense à ce que Frankie m'a raconté, et je n'ai même plus envie de la détester. À Noël, papa dit toujours qu'on doit oublier les vieilles rancunes. Je souris parce que c'est la fête et que nous n'allons peut-être pas repartir à Cracovie, du moins pas tout de suite. Lily, surprise, finit par m'adresser un petit salut crispé et me souhaite un joyeux Noël. Rien que ça, c'est déjà un miracle.

– On va pouvoir rester! répète Kazia un peu plus tard, tandis que nous enfilons nos pyjamas en frissonnant. Papa va travailler dans l'atelier du Père Noël!

J'ouvre la bouche pour la corriger, mais au dernier moment, je m'abstiens. C'est vrai que ce monsieur ressemble au Père Noël; la preuve, il a été engagé pour l'incarner. Et il fabrique de magnifiques jouets en bois, alors… elle n'a pas tout à fait tort.

Quand je me réveille, la chambre est plongée dans le noir. J'entends le souffle paisible et régulier de ma petite sœur à côté de moi.

Puis il y a un bruit sourd contre la vitre. Je sors de mon lit et entrouvre le rideau. Une boule de neige gît sur le rebord de la fenêtre. Dehors, le temps est clair, dégagé, et la neige d'un blanc parfait. Appuyé contre le lampadaire, un garçon aux pommettes hautes et aux petites tresses noires lève la tête vers ma fenêtre.

J'enfile un pull et mes bottes, puis je me faufile dans le salon entre le sapin et la crèche toujours illuminée

Je prends mon manteau, mes gants, une écharpe et un bonnet avant de descendre l'escalier.

Dan me dévisage. Soudain, les mots me manquent et je me sens très nerveuse. La dernière fois que je l'ai vu, je lui ai crié dessus. J'ai dit des choses que je regrette beaucoup, et je me demande si cela a cassé quelque chose entre nous.

– Salut, lance-t-il. Pas de chaussons roses, ce soir ?

– Et toi, pas d'ailes d'ange ?

– Non. À partir de maintenant, j'ai décidé d'être moi-même.

Il s'approche de moi, laissant des traces de pas sur la neige. Ses yeux couleur chocolat sont tristes, en partie à cause de moi, je le sais. Je voudrais me blottir contre lui, le serrer très fort, mais j'ai peur... peur d'avoir tout gâché.

Dan m'enveloppe de ses bras et je recommence à respirer.

– Je suis désolé, murmure-t-il dans mes cheveux. Vraiment désolé, Anya.

– Moi aussi. Je m'en veux tellement !

C'est aussi simple que cela. Je ne lui parle pas de ce qui vient de se passer chez moi, ni du fait que nous avons failli repartir en Pologne pour de bon... cela viendra plus tard. Pour le moment, j'ai juste envie de profiter de lui sans penser à rien d'autre.

Nous marchons jusqu'au parc. Le monde étincelle sous le manteau de neige qui dissimule la misère et la saleté. Le paysage a quelque chose de magique, à la fois familier et hors du temps. Tout semble possible.

– Je ne suis pas comme mon père, chuchote Dan.

– Non. J'étais en colère, bouleversée… j'ai dit ça pour me venger.

– Je te jure que ça ne signifiait rien. Le baiser. Lily m'a sauté dessus. Je croyais qu'on allait juste danser, entre amis, mais elle avait autre chose en tête…

– Elle ne te voit pas comme un ami.

– Peut-être. C'est son problème. Ça n'a duré qu'une fraction de seconde, et quand je me suis écarté, je t'ai vue partir en courant.

– J'étais furieuse.

– Je te comprends. Moi aussi je l'aurais été, à ta place. Mais c'est toi qui me plais, Anya. C'est avec toi que je veux sortir. Tu es… enfin, tu sais. Ma copine.

Je n'ai plus aucun doute désormais, car Dan me tient la main et il est là avec moi, dans ce parc enneigé, en cette nuit de Noël, et c'est le plus beau cadeau dont je puisse rêver.

– Qu'est-ce que tu as fait après notre dispute ?

Il soupire.

– J'ai erré pendant des heures à travers la ville en essayant de mettre de l'ordre dans mes idées. J'étais blessé, en colère contre Lily qui m'avait piégé, et contre toi qui refusais de me croire. Et puis je me sentais coupable, parce qu'au fond je méritais ce qui m'arrivait. Je ne voulais pas ressembler à mon père, surtout pas.

Nous nous approchons du lac.

– J'ai fini par conclure qu'il fallait que je lui parle. Je m'étais mal comporté envers lui, envers toi – tout se confondait dans ma tête. Il fallait que je répare mes erreurs, et le plus simple était de commencer par lui. Alors je suis allé à la gare de Lime Street, mais le dernier train pour Manchester était déjà parti. J'ai trouvé un bar ouvert toute la nuit, et je suis resté là à boire du café en réfléchissant à ce que je lui dirais pour le convaincre de revenir à la maison. Au matin, je suis monté dans le premier train. Une fois à Manchester, comme je n'avais plus d'argent, j'ai dû marcher. J'ai parcouru des kilomètres, je me suis perdu plusieurs fois, mais j'ai fini par le trouver.

Je repense à Karen, assise dans notre cuisine, le visage blême. Et à Frankie, Kurt et moi, qui avons travaillé comme des fous au salon de thé pour ne pas penser à ce qui pouvait lui être arrivé.

– On était tellement inquiets, Dan. Tu nous as fait très peur.

– Je sais. Je suis désolé. Je n'ai pas réfléchi. C'est seulement en voyant la police devant chez papa que j'ai pris conscience d'avoir exagéré.

Il se penche pour ramasser un peu de neige.

– Ça te dit de construire un bonhomme?

Nous faisons rouler la petite boule sur le sol et rions en la regardant enfler.

– En tout cas, mon père et moi, on a beaucoup discuté. Tout l'après-midi, après le départ des policiers. On a parlé de ce qui avait changé, du fait qu'il était tombé amoureux d'une autre. Maintenant, je le comprends mieux. Il ne serait jamais revenu vivre avec nous. Je me voilais la face en pensant que je pourrais tout arranger, rendre ma famille heureuse et unie à nouveau.

– Ce n'est pas si simple.

Quand la boule de neige nous arrive à la taille, nous la poussons jusqu'au bord du lac.

– Non, c'est même très compliqué. Je m'en rends compte à présent. Papa n'avait pas prévu de nous abandonner, ni de cesser d'aimer maman. Mais les sentiments ne se contrôlent pas.

– Sans doute que non.

Je fais une boule plus petite que je pose sur le corps du bonhomme, pendant que Dan cherche des cailloux pour les finitions.

– La neige est trop épaisse, je n'y vois rien. Oh, attends!

Il sort un paquet de caramels durs de sa poche et s'en sert pour dessiner les yeux, la bouche et des boutons.

– J'en veux encore à mon père. Ça ne changera pas en une nuit. Mais au moins, je sais qu'il nous aime toujours, Ben, Nate et moi.

Dan enroule son écharpe autour du cou du bonhomme.

– Partir n'était pas une solution. On ne peut pas fuir la réalité, n'est-ce pas? Le mieux, c'est de l'affronter aussi bravement que possible.

– C'est vrai.

Je songe à la chance qui vient de nous être offerte de rester à Liverpool; elle implique une vie très différente de celle que nous avions imaginée. Pourtant, je compte tout faire pour que ça marche.

– Je ne me suis pas beaucoup mieux comporté que mon père : j'ai séché les cours, enchaîné les bêtises… Je vais changer, Anya. Grandir, repartir de zéro, comme tu me l'as conseillé.

– Je t'aiderai. Promis.

– Ça marche!

Après avoir ajouté des branches pour les bras, nous reculons d'un pas et admirons notre œuvre.

– Il est cool, décrète Dan.

Il ramasse encore un peu de neige et la comprime entre ses mains.

– Oui, très cool! Mais c'est pour quoi faire, ça?

– À ton avis?

Je me mets à courir en dérapant sur la neige et en riant aux éclats. Le projectile m'atteint à l'épaule. Je m'arrête pour rassembler des munitions. Grâce à mon enfance à Cracovie, j'ai bien plus d'expérience que Dan en bataille de boules de neige. L'hiver, nous organisions de véritables guerres dans la cour de l'école. Je mitraille Dan jusqu'à ce qu'il demande grâce et me prenne dans ses bras. Quand il m'embrasse, je sens sa peau glacée contre ma joue. Mais ses lèvres sont tièdes et son baiser aussi doux que dans mon souvenir. Cette fois, il signifie vraiment quelque chose : nous avons appris à nous connaître, et nous pouvons compter l'un sur l'autre.

— Je ne veux pas te perdre, murmure-t-il. Tu es la plus belle chose qui me soit arrivée, Anya.

Personne ne m'avait jamais dit ça. Jusqu'ici, seuls mes parents m'aimaient à ce point — et encore, je dois les partager avec Kazia.

— Toi aussi, je réponds.

— Est-ce que tu as déjà dessiné un ange des neiges ?

— Un ange des neiges ?

Il se laisse tomber à la renverse sur le sol, puis ouvre et ferme les bras à toute vitesse.

— Viens ! Essaie !

La neige est si froide que j'en ai le souffle coupé.

— Dan ! On va geler !

Mon pantalon de pyjama est trempé, et des gouttes givrées s'infiltrent sous mon écharpe.

– Oui, mais c'est drôle ! Ne triche pas. Vas-y, bouge les bras…

Je lève les yeux vers le ciel strié d'or et de violet. Je tends la main vers Dan. Ses doigts se referment autour des miens.

Quand nous nous redressons en époussetant nos vêtements, je découvre deux silhouettes sur le sol. Deux silhouettes aux ailes d'ange.

– Je ne suis pas un ange, me confie Dan. Je ne suis que moi.

– Je sais.

– Joyeux Noël, Anya…

Des flocons se mettent à tomber autour de nous tandis que nous retournons vers mon appartement, main dans la main, le visage tourné vers les premières lueurs du jour.

30

Tout cela remonte à cinq mois. Depuis, beaucoup de choses ont changé. Papa a commencé à travailler pour le monsieur qui ressemble au Père Noël. Il est gérant de la boutique de chevaux de bois, où tout se passe à merveille : il fait ce qu'il aime, apprend vite, et la liste des commandes ne cesse de s'allonger.

Il n'a plus le visage gris ni les traits tirés. Son rêve est en train de se réaliser.

Maman a rejoint Karen au salon de thé, où elles formaient une super équipe. Mais les affaires ne marchaient pas très bien. Les cupcakes, meringues, génoises et autres superbes gâteaux avaient beau être délicieux, ils ne rapportaient pas assez.

En avril, Karen a pris la décision de fermer.

– Le salon va me manquer, a déclaré Ringo avant de se mettre à chanter : «*Imagine there's no Heaven…*[1]»

---

1. Imaginez qu'il n'y ait pas de Paradis.

Nous avons tous éclaté de rire malgré la boule qui nous serrait la gorge.

Après la fermeture, des ouvriers ont transformé le café en boutique. Ils ont agrandi la cuisine et ajouté un bureau, d'où maman et Karen gèrent leur nouveau site Web. Il y a des canapés, des fauteuils moelleux et un catalogue dans lequel les clients peuvent choisir leur gâteau de mariage, d'anniversaire ou de départ en retraite. Pendant ce temps-là, on leur offre du café au lait et des cupcakes, qui finissent généralement de les convaincre. Les commandes pleuvent sans discontinuer.

La boutique s'appelle «Aux délices des anges».

– Tous les gens qui passent par ici voient leur rêve s'exaucer, a remarqué papa un jour. C'est drôle, non? Ça doit venir d'un ingrédient secret dans la pâte à gâteaux...

Qui sait? En tout cas, le Club des Cœurs Solitaires a rencontré un franc succès. Ringo et la mère de Frankie y ont tous les deux trouvé l'âme sœur... mais ce n'est qu'à l'ouverture de la boutique que nous avons compris.

Frankie a failli s'évanouir en les voyant entrer ensemble, lui en costume de satin orange, elle en minijupe vert citron. C'est vrai qu'il y avait de quoi rester marqué à vie. Heureusement, Frankie est solide. Elle a fini par s'habituer à l'idée :

– Comme dit Ringo, *all you need is love*...

Pour Dan aussi, les choses se sont bien terminées. À la rentrée de janvier, il s'est présenté au collège avec Karen et a demandé à voir M. Fisher. Ils lui ont parlé des problèmes familiaux qui expliquaient son comportement des derniers mois.

– Je vais changer, a promis Dan au proviseur.

Il était sincère. Malgré son côté rebelle, c'est un garçon déterminé et très intelligent. Depuis trois mois, on ne le reconnaît plus. Même Mme Matthews ne tremble plus quand il entre en cours, c'est dire.

Frankie et Kurt sont toujours ensemble. Encouragée par ce dernier, mon amie est devenue végétarienne. Désormais, elle consomme plus de tofu et de pousses de soja que de frites.

Elle a perdu du poids, et ça lui va très bien.

Kurt a opté pour un style cent pour cent gothique. La semaine dernière, il a été collé par M. Fisher parce qu'il portait du vernis à ongles noir. Il a aussi tenu sa promesse et trouvé une nouvelle demeure pour Cheesy : le petit rat sauvé du labo vit désormais chez Lily, qui contre toute attente est dingue de lui.

Aussi incroyable que ça puisse paraître, elle a changé. Elle en a fini avec les garçons, y compris la bande de voyous avec qui elle traînait.

– Les mecs sont pires que des rats, répète-t-elle encore régulièrement en fusillant Dan du regard.

La plupart du temps, il ne s'en aperçoit même pas. D'un autre côté, c'était pareil quand elle le contemplait avec des yeux énamourés.

La phrase fétiche de Lily a donné des idées à Kurt, et c'est comme ça que Cheesy a atterri chez elle. Elle l'a installé dans un véritable palais et a même arrêté de fumer, parce que c'est mauvais pour les poumons des rongeurs.

Elle m'a dit que je pourrais venir le voir quand je voudrais. Elle m'a même souri. Et la semaine dernière, elle s'est assise avec nous à la cantine. Elle n'a ni insulté ni dragué personne. Elle était normale.

– Il faut remercier le rat, nous confie Kurt. Les animaux ont un effet apaisant sur la plupart des gens. Vous verrez, dans quelques semaines, Lily va s'inscrire à la chorale et aider les vieilles dames à traverser la rue !

Après tout, on ne sait jamais.

Ma famille va bientôt déménager. Et bizarrement, ça ne me dérange pas.

Car nous ne rentrons pas à Cracovie : nous nous installons à Lark Lane, au-dessus de la boutique Aux Délices des anges ! L'appartement compte trois chambres, un grand salon et une cuisine où l'évier ne fuit pas et où les portes des placards sont droites. Les moquettes sont neuves, les murs repeints, les radiateurs fonctionnent et ne font aucun bruit.

Les précédents locataires sont partis au mois d'avril. Karen nous l'a proposé, et papa s'est aussitôt mis au travail. Il a repeint les murs et installé des étagères. Maman a cousu de nouveaux rideaux pour les fenêtres et un tapis pour le salon.

Ce n'est pas encore le joli cottage que je m'étais imaginé, mais je m'y sens chez moi.

Papa est en train d'y emmener tous nos cartons, aidé de Ben, Nate et de Tomasz qui a monté une entreprise de déménagement. Malgré notre insistance, il ne nous a rien fait payer.

Kazia et moi occuperons les chambres situées sous les combles, au-dessus de celle de nos parents et du salon. J'ai laissé ma petite sœur choisir la première. Je me retrouve donc tout au fond, dans une pièce avec des meubles en pin et une couette bleue assortie à la moquette toute douce. Je pose ma valise et quand je m'approche de la fenêtre, mon cœur fait un bond dans ma poitrine.

Il y a un petit jardin à l'arrière, un repaire secret enfoui sous la végétation. Malgré tout le temps passé dans le salon de thé, je ne m'en étais jamais aperçue.

Je descends l'escalier en courant.

– On a un jardin! Un vrai jardin!

Papa éclate de rire.

– Bonne surprise, hein? On y plantera un potager
et des fleurs. Ça nous fera un endroit agréable où
nous détendre!

On y accède par une petite porte cachée sous l'escalier. Je tourne la clé dans la serrure, pose le pied sur
l'allée de graviers et m'avance entre les arbustes
couverts de fleurs bleues, roses ou jaunes. Le soleil
printanier me réchauffe le visage ; en levant les yeux,
j'aperçois les premières hirondelles de l'année qui
tourbillonnent sous les toits.

– Des hirondelles...

En me retournant vers la maison, je découvre que
la porte arrière est peinte en rouge, comme celle du
cottage dont j'ai tant rêvé. Un rosier tordu grimpe sur
le côté, couvert de bourgeons encore fermés. Ils ne
tarderont pas à s'ouvrir pour donner de belles roses.
Finalement, les rêves se réalisent parfois.

Karen et Dan apparaissent sur le pas de la porte,
des bouteilles de vin, de limonade et des cartons
à gâteaux plein les bras.

– Viens, Anya! m'appelle Dan. C'est l'heure de
la crémaillère! Tu me fais visiter?

Devant moi, sur le chemin, gît une petite plume
blanche, aussi douce et pure que si elle était tombée
des ailes d'un ange. Je la ramasse en souriant, puis je
rentre dans la maison.

L'auteur

Cathy Cassidy a écrit son premier livre à l'âge de huit ou neuf ans, pour son petit frère, et elle ne s'est pas arrêtée depuis!

La plupart de ses personnages sont inspirés des enfants et des adolescents dont elle croise le chemin et, comme elle a souvent entendu dire que le mieux, c'est d'écrire sur ce qu'on aime, l'idée de la série «Les filles au chocolat» lui est venue de sa passion pour le chocolat!

Cathy vit en Écosse avec sa famille. Elle a exercé beaucoup de métiers, mais celui d'écrivain est de loin son préféré, car c'est le seul qui lui donne une bonne excuse pour rêver!

les filles au chocolat

Cathy Cassidy

Des **histoires** à croquer !

En librairie

Nathan

ENVIE DE DÉCOUVRIR
DES EXTRAITS D'AUTRES ROMANS?
ENVIE DE PARTAGER
VOS AVIS SUR VOS LECTURES PRÉFÉRÉES?
ENVIE DE GAGNER DES ROMANS EN EXCLUSIVITÉ?
REJOIGNEZ-NOUS SUR

www.lireenlive.com

ET SUIVEZ EN DIRECT L'ACTUALITÉ
DES ROMANS NATHAN

AMOUR, AMITIÉ ET TCHATS!

DÉCOUVRE UN EXTRAIT
DU TOME 1
DE *TROIS (OU QUATRE) AMIES* !

Actuellement en librairie

Journal de Mar
2 septembre

Je suis rentrée hier de Cherbourg. L'été est déjà fini. C'est passé vite, si vite, trop vite, ces deux petits mois ensemble, c'était trop bien, trop drôle, je les aime tellement, mes inséparables, mes anges ! Elles me manquent déjà. On a eu à peine le temps de se retrouver toutes les trois, qu'on est déjà séparées, ventilées, loin de Cherbourg et de notre plage préférée, de notre bistrot fétiche et de nos jus de framboise. Sol est repartie en Martinique sous ses cocotiers, Sand rame dans son champ de betteraves et moi je comate dans ma banlieue somnambulique. Et comme à chaque rentrée, je me demande comment je vais survivre sans elles, pendant toute une année scolaire.

Demain, c'est le jour J, direction l'échafaud, le collège Saint-Joseph, avec cahiers neufs en bataille et crayons taillés à l'iroquoise. Décollage pour une année d'enfermement avant de revenir à l'air, à la lumière, à Sol et à Sand.

Les troisièmes commencent à 14 heures, après tout le monde. Toujours ça de gagné, une matinée en moins. Mais ce n'est pas ça qui me sauvera du cafard supersonique plus dégoulinant qu'un Carambar parfum loukoum à l'idée de ne pas revoir mes amies avant les prochaines grandes vacances soit dans dix mois, soit dans plus de trois cents jours. Heureusement qu'il y a le réseau!

JustFriends. Groupe Les Parasols de Cherbourg. 3 septembre, 17 h 15

SOL

Vous êtes co, mes chéries? Cette rentrée, c'était comment comment?

MAR

Mortel. 3ᵉ 2. Prof principal, celui d'EPS, celui qui a toujours une cape de pellicules sur les épaules. Au bout de cinq minutes, il nous a mis dans l'ambiance en crachottant "attention, brevet, orientation, passage en seconde". Sinon tout le monde tout fier avec ses fringues neuves. Rien qui change, toujours «Groupe scolaire Saint-Joseph» gravé au-dessus de la porte d'entrailles. Mortel.

SOL

Et toi, Sand, ta rentrée?

SAND

Rien à dire. Comme toi, Mar, en pire. Je suis dans la pire classe, avec la pire meuf : Lola, avec sa pire bande de poufffffffffffffs.

MAR

Lola, c'est celle qui a des soutifs rembourrés?

SAND

Nan, ça c'est Leila. Lola, c'est la blonde qui traîne toujours avec l'équipe de foot et qui s'est tapé la méga affiche le jour où le prof de maths l'a débarbouillée avec le chiffon du tableau tellement elle était maquillée.

SOL

OUI!!!! Je me souviens. Et le scandale qui a suivi, avec la mère qui a menacé de porter plainte et la photo de la fille avec son maquillage tout dégueu qui a tourné sur la page de ton collège. Trop pitié, la Lola.

SAND

Pitié? Tu dis ça parce que tu ne la connais pas. C'est le boulet numéro un de ma vie scolaire depuis la grande section. Franchement les filles, je savais que la rentrée n'allait pas être l'éclate, mais Lola dans ma classe, ça me donne envie de me suicider tout de suite.

SOL

Pas un truc de bien? Des nouveaux dans ta classe? Les profs?

SAND

Vous savez quoi? Je ne veux même plus vous parler de ce collège pourri dont je vous ai déjà parlé mille deux cent cinquante fois, même que si on vous y lâchait les yeux fermés, vous seriez capables de trouver le petit coin près des poubelles de la cantine où je me cache pour fumer. Et toi, Sol?

MAR

Oui, Sol, t'es dans la classe de Robin Bourrin?

💬 **SOL**

Carrément pas.

💬 **MAR**

Mince! Les salauds, ils vous ont décomposés! Tu crois que c'est fait exprès?

💬 **SOL**

Évidemment! Il n'y a que deux classes de 3ᵉ dans mon collège. Et tout le monde, même la principale, sait que Robin a fait exprès de redoubler pour rester avec moi.

💬 **MAR**

J'avoue que cette affaire, elle en jette des paillettes. Ça doit être génial de savoir qu'un mec t'aime au point de redoubler pour ne pas te laisser toute seule au collège.

💬 **SAND**

Et comment tout le monde le sait, qu'il a fait exprès? Tu t'en es vantée, Sol?

💬 **SOL**

Non, moi j'ai rien dit. Mais vous savez ce que c'est, Miss la Rumeur, quand elle galope dans les couloirs d'un collège, rien ne peut la freiner.

💬 **SAND**

Il faudrait quand même arrêter de délirer avec cette histoire de redoublement. Ça te rend responsable de quelque chose, alors que tu n'as rien fait.

💬 **SOL**

Ça ne me rend responsable de rien du tout. Robin dit, pense et fait ce qu'il veut. Ce n'est pas parce qu'on sort ensemble depuis six mois que je vais diriger sa vie. Et je ne lui ai jamais demandé de redoubler pour rester avec moi.

💬 **SAND**

Robin a redoublé parce qu'il ne fout rien, pas par amour pour toi, Sol. Ça te fait plaisir ou quoi? C'est toi-même qui le disais, cet été, que Robin Bourrin, c'était un gros branleur…

💬 **MAR**

Dans le fond, je trouve que Sand a raison. Pourquoi tu le laisses collaborer des bruits aussi stupides?

💬 **SOL**

Mar, je sais que ça ne sert à rien de te corriger, mais on ne dit pas «collaborer des bruits», mais «colporter des bruits», ensuite je n'aime pas quand vous me faites la morale et que vous parlez mal de Robin. Ça me fait de la peine. Ouais, je disais que c'était un tchatcheur et un branleur parce qu'il était loin et que j'avais un peu oublié. Mais ce matin, quand on s'est retrouvés devant le collège, j'ai compris que je l'aimais vraiment.

💬 **MAR**

Vas-y, développe!!!!

💬 **SOL**

Quand je l'ai aperçu, debout à côté de la grille d'entrée, après toutes ces semaines sans le voir, ça m'a fait un effet…

💬 **SAND**

Quel effet?

💬 **MAR**

Comment il était habillé ?

💬 **SAND**

Il t'a embrassée ?

💬 **SOL**

AH AH AH ! Je sens que la température monte chez les demoiselles. À la question 1, je répondrai plus tard, ainsi qu'à la question 3, si vous êtes gentilles, parce que vous commencez à me chauffer avec Robin. À la question 2, je réponds : trop classe. Baggy grenat et tee-shirt Tupac, le crâne rasé. Du coup, il a l'air encore plus grand. Je vous enverrai une photo dès que j'en aurai une. Vous verrez comme il a changé pendant les vacances, il est encore plus beau.

💬 **SAND**

Ahhhh, les vacances... Vous entendez mon GROS soupir ? Mar, tu as trop de chance d'être restée trois jours de plus à Cherbourg !

💬 **SOL**

Sand, réfléchis un peu : sans nous... aucun intérêt !

💬 **MAR**

Sans vous, j'avoue, Cherbourg, c'était mortitude ! J'avais le choix entre errer le long de la plage comme une âme en plaine, pleurer mes amies disparues devant un verre de jus de framboise ou mourir de mélancolie en léchant les vitrines ! Heureusement qu'Angela était là... Elle m'a aidée à supporter votre absence !

💬 SAND

Ah ouais? T'as continué à traîner avec Angela une fois qu'on était parties?

💬 SOL

Ben oui, on n'avait pas dit à Mar qu'elle devait s'enfermer dans sa chambre et ne plus en sortir jusqu'au moment du départ!

💬 MAR

Oh désolée! J'ai surtout pleuré, je vous rassure!

💬 SAND

Nous sommes irremplaçables!

💬 SOL

Évidemment… Et Angela, elle est comment? Même si on a eu à peine le temps de faire connaissance, je trouve qu'elle a l'air sympa…

💬 MAR

Elle est super, on s'est bien marrées toutes les deux. Elle aussi, elle flippait de sa rentrée. Elle ne connaît personne à Cherbourg.

💬 SOL

J'avoue. Débarquer comme ça en 3e, alors que tous les autres se connaissent depuis la mater…

💬 SAND

Moi, je ne rêve que de ça: changer, ne plus voir toujours les mêmes tronches…

💬 MAR

Elle m'a dit que sa mère et elle s'étaient posées là en urgence. C'est bizarre, non?

💬 **SOL**

Un peu, oui. Tu ne lui as pas demandé pourquoi?

💬 **MAR**

Non. J'avoue, elle m'intimide un peu, Angela. Je la trouve mystérieuse.

💬 **SOL**

Moi, j'ai trouvé qu'elle avait plutôt une bonne aura !!!!!!!

💬 **MAR**

Tu sais, Sol, « mystérieux » ne veut pas forcément dire « inquiétant, méchant, pas glop ». Pour moi, c'est même tout le contraire.

💬 **SAND**

Et puis, tu n'es pas obligée de mettre des « !!!!!!!! » à chaque fin de phrase.

💬 **SOL**

Eh, qu'est-ce que vous avez contre moi? J'écris comme je veux, Mar mélange bien les mots, alors je mets des !!!!!!! et des ???????, et même des J J J L, si ça me plaît.

💬 **SAND**

On n'a plus dix ans, ma Sol chérie… Mar, alors, qu'est-ce que t'as fait avec Angela pendant ces trois jours?

💬 **MAR**

Rien de spécial, on s'est baignées, on a fait un peu de vélo. Ah si! Le dernier après-midi avant que je reparte, il nous est arrivé un truc marrant. On était sur la plage, en train de papoter, et puis on a vu un truc brillant dans le sable, à moitié enfoncé sous une dune. C'était un appareil photo. On s'est demandé s'il était cassé ou si quelqu'un l'avait orpheliné. Il avait l'air neuf même si la batterie était à plat, et on a commencé à délirer sur les photos qui pouvaient se trouver dedans, on a joué à « si ça se trouve… » et on s'est tellement éclatées qu'on a oublié que c'était la fin des vacances.

💬 **SAND**
Vous l'avez trouvé où, cet appareil ?

💬 **MAR**
Dans les dunes, à droite du bistrot, là où on se planque pour faire du monokini.

💬 **SAND**
Et vous avez regardé les photos ?

💬 **MAR**
On n'a pas pu, il était déchargé.

💬 **SAND**
Et vous en avez fait quoi ?

💬 **MAR**
Rien, c'est Angela qui l'a gardé.

💬 **SAND**
Elle l'a gardé pour en faire quoi ?

💬 **MAR**
J'en sais rien. Je suppose que, si elle trouve un chargeur, elle va s'en servir. Elle est fan de photo. Mais pourquoi tu me demandes tout ça ? T'as perdu le tien ?

💬 **SAND**
Non, rien, comme ça, je voulais juste savoir.

💬 **MAR**
Bon, bises, les beautés. Ma mère veut que je lui recopie

mon emploi du temps en deux exemplaires. Un pour le bureau, l'autre pour le frigo. Et elle le veut MAINTE-NANT. Je me demande pourquoi, vu qu'il va changer encore au moins trois fois.

💬 **SAND**

Je vous M. Vous me manquez déjà.

💬 **SOL**

Je vous M.

3 septembre, 20 h 35
De: M@rion
À: Angel@
Objet: Ta rentrée?

Coucou Angela,

J'espère que tu vas bien et que ta rentrée s'est bien passée. Je me souviens que moi aussi, quand j'ai déménagé et que j'ai dégoupillé dans une nouvelle école, je n'étais vraiment pas sûre de mes petits souliers. Est-ce que tu trouves toujours que ton collège ressemble à une cabane en granit?

En tout cas, c'était coooooooool que tu sois là quand mes amies sont parties. D'habitude, c'est le moment de totale déprime pour moi (remarque, ça fait de l'entraînement pour la rentrée)... Tu imagines, on a passé deux mois à discuter et à délirer et le 28 août, d'un coup, je m'encave dans le silence et la solitude. Bref, heureusement que t'étais là!

Comme je sais que tu adores la photo et que tu adores Mick Jagger, je t'envoie une photo de lui qui date de 1965... Il a quand même une méga-bouche! À propos de photos, je me demandais si tu avais pu récupérer celles de l'appareil qu'on a trouvé sur la plage, la veille de mon départ?

Si oui, ce serait sympa de me les transmettre, en souvenir de ce bel après-midi de la fin des vacances.

Je te bise et j'espère que tu me répondras.

Marion

Salut Marion,

Super contente de recevoir de tes nouvelles. C'est vrai qu'on a passé de bons moments ensemble et j'y repense souvent. Merci pour la photo, oui-oui j'adore Mick Jagger. J'adore aussi ta façon d'écrire. C'est comme quand tu parles, tes mots dans tous les sens, ça me fait trop marrer. Est-ce que tu le fais exprès?

Pour répondre à tes questions, oui, la rentrée, j'en ai fait des cauchemars, mais finalement ça ne s'est pas si mal passé que ça. Les profs ont l'air sympas, surtout le prof de français. Il y a un club photo, je vais m'inscrire.

Sinon je n'ai pas vraiment discuté avec les gens de ma classe, mais je crois qu'il y en a quelques-uns avec qui je pourrais devenir pote. Je suis allée au collège avec du coton dans les pattes, mais quand je pensais à toi et aussi à Solveig et à Sandra, ça me donnait du courage. J'ai mis le tee-shirt bleu pétrole que tu m'as filé et rien qu'avec ça, je me sentais bien.

Au début, j'avoue, je trouvais que vous vous la jouiez un peu, toutes les trois. Et puis vous formiez comme un bloc, assises au bistrot «Les Parasols». En fait, je crois que vous me faisiez un peu peur. En tout cas, vraiment je vous adore, toutes les trois.

Je trouve que Solveig a un look d'enfer, même si

d'habitude, les filles trop stylées, je les fuis plutôt. Trop de style tue le style, pas vrai ? Mais Solveig, c'est pas pareil. Elle est un peu rasta avec ses locks, un peu gothique avec son bracelet en cuir, traveler avec ses jupes genre paréo. Elle mélange tout, elle fait sa sauce avec des trucs qui lui plaisent, et si c'est du rouge avec du rose, elle s'en fout, des fleurs avec des carreaux, elle s'en fout. Elle n'a pas besoin de ressembler à un genre. Son style, c'est elle.

Et Sandra aussi, elle est top. C'est le genre de personne que tu ne remarques pas tout de suite. Elle est toujours habillée pareil. Jean, tee-shirt, blouson en cuir rouge. Même quand il fait 40 degrés. Elle ne dit pas grand-chose, mais quand tu t'y attends le moins, elle sort un truc délirant, une vraie blague, une vacherie, et il y a comme un feu dans ses yeux.

Et puis toi, Marion, je te l'ai déjà dit : tu es une fille géniale, sympa, marrante, hyper gentille et attentive aux gens.

Tu sais, je n'ai jamais vraiment eu d'amies filles. Des copines, oui, des filles que je trouvais sympas au départ mais qui me tapaient sur les nerfs au bout d'un quart d'heure. Alors d'être si bien avec vous et de voir que vous êtes amies depuis si longtemps, c'est énorme ! Ce que j'adore, c'est comment ça fuse entre vous. Pour moi, le truc de l'amitié, c'est la sincérité. Toutes les trois, vous avez l'air de ne vous laisser rien passer, mais vous vous adorez. Ça, pour moi, c'est génial. Comment est-ce que vous vous êtes rencontrées ? Solveig et Sandra sont cousines, non ? Et comment vous faites, le reste de l'année, vous arrivez à vous voir ?

Moi aussi, j'ai connu une amitié à trois, avec deux garçons, mais ça s'est mal, très mal terminé. Je te raconterai ça un jour, quand on se connaîtra mieux.

Bref, je suis super contente de vous avoir rencontrées et ça va carrément m'aider à supporter l'année de savoir que je vais vous revoir l'été prochain. Écris-moi autant que tu veux. Mais je ne pourrai peut-être pas te répondre tout de suite, parce que je ne me connecte pas souvent. Eh oui ! on n'en a pas parlé (j'avais un peu honte de l'avouer), mais je n'ai pas d'ordi à moi. Ma mère dit que je suis trop jeune. Jusqu'à maintenant, je m'en foutais. Je n'avais aucune envie de garder contact avec les gens, et puis les réseaux sociaux, je sais le mal que ça peut faire… Mais maintenant que je vous connais, je me rends compte que ça pourrait être cool.

En attendant, il faut que je te laisse, car ma mère a besoin de son ordi. Tu voies un peu la galère ?

Fais des bises à Solveig et Sandra pour moi.

Angela

PS : Pour l'appareil photo, je n'ai pas pu le charger, je n'avais pas le bon câble. Je vais essayer d'en trouver un…

MIXTE
Papier issu de
sources responsables
FSC® C022030
FSC
www.fsc.org

N° d'éditeur : 10221808
Imprimé en France en janvier 2016 par CPI Brodard et Taupin (72200 La Flèche)
N° d'imprimeur : 3014779